仐寿のバラード

ずっこけマユミンの
爽やか最終楽章《フィナーレ》

二宮真弓

春秋社

序　「童心のような純粋で強い興味力」にエールを

石渡美奈

マユミン「俳句エッセイ」二十冊目、『卆寿のバラード　ずっこけマユミンの爽やか最終楽章《フィナーレ》』のご出版、まことにおめでとうございます。

帝国ホテルでの十九冊目『追想のロンド』のご出版お祝いに伺ったのが二〇二〇年十月八日のこと。その際、確かに私は真弓先生に「二十冊目を楽しみにしています！」と申し上げました。真弓先生の行動が何においても、とてもスピーディであることも存じ上げております。しかしまさか、一年と待たずに新作を発表されるとは…！　つまり「いやぁ、二十冊なんて」と謙虚におっしゃりながらも、その時点ですでに、真弓先生の中には構想がしっかりと出来上がっており、俳句エッセイもあらかた準備が整っていらしたのだろうなと今になって感じ、「人生の師」と仰がせていただいている真弓先生に感服の至りです。

野平一郎先生、令夫人でいらっしゃる多美先生、そして多美先生の御母堂様でいらっしゃる二宮真弓先生との有難いご縁を賜ったのは、二〇一四年から二〇一七年まで弊社が関わりを持たせていただいた軽井沢国際音楽祭でした。野平先生ご夫妻のご自宅が、弊社・拙宅とご近所であったことも手伝い、現在では家族ぐるみで親戚のようなお付き合いをさせていただいております。十年に満たないお付き合いにもかかわらず、その中身はぎゅっと濃く、二〇一八年、家業であるホッピー発売七〇周年には、真弓先生作詞、多美先生作曲でホッピービバレッジの社歌「輝けるホッピー」を作っていただきました（本書一五六〜一五七頁に掲載）。翌年、他界した弊社二代目である父がとても気に入って、朝の散歩の時はいつも口ずさんでいたものです。社歌「輝けるホッピー」のことについては、前作『追想のロンド』（一四一〜一四三頁）で記してくださっています。

忘れもしない二〇一九年八月十六日、父が旅立ったその日のうちに、「こういうときはまず、すぐにお伺いするものです！」と、まるで多美先生を引っ張るかのように、拙宅にすっ飛んできてくださった夜のことは深く心に残り、まるで昨日のことのように思い出すことができます。思いもかけぬご弔問がとても心強く嬉しかったこと、長女として跡取りとして、これから立ち向かわねばならぬ高い山を想像して呆然としていた私が、温かいお心に支えられ励まされ、とにかく前に進もうと力をいただいたのでした。

私は「百歳まで現役」宣言をして憚らない一人ですが、真弓先生が強《したた》かにしなやかに、そして前のめりに与えられた命を、丁寧に楽しく美しく生き抜き、毎日を重ねていらっしゃるお背中から有形無形の宝のようなお教えを賜っており、今では真弓先生を「人生の師」としてお慕い申し上げている次第です。


さて今回、ありがたくも不肖の私が序文を承《うけたまわ》るにあたり、他に類を見ない圧倒的な真弓先生らしさを考えてみました。元気、明るさ、若々しさなどなど沢山、思い浮かんだのですが、一言に集約するならば「童心のような純粋で強い興味力」ではないかと感じます。ご著書の目次を追いかければ、ご興味の範囲の幅広さは一目瞭然です。ご家族、ご友人、食事、旅行、音楽、歴史、時事ネタ、社会現象……目に飛び込んでくること、耳に聞こえてくること、ご自身の身に起こること、全てに深い愛情と大きな興味を持って、自ら積極的に向き合っていらっしゃるようにお見受けします。

伺うところによると、早朝からニュースは隈なくチェック、週刊文春と週刊新潮は愛読誌で必ず隅々まで目を通されているそうです。Facebook では、誰よりも早く、時事ネタや社会現象についてコメントされていらっしゃることもしばしば。その投稿を拝見して、世に起こっていることを、人生の大先輩がどのように受け止め、考え感じていらっしゃるかを教えていただいています。お会いするといつも、どんなキーワードでもそこから広げ、掘り下げて、お話しくださるので、どれだけ真弓先生のデータベースが豊かでいらっしゃるのかと、驚きを隠せません。

「もう歳だから」「引退したので自分には関係ない」と、歳とともに多くのことから興味を失っていく姿はよく見聞きするのですが、真弓先生は正反対です。「なぜ」「なに」を繰り返す子供時代を思い出す「童心のような純粋で強い興味力」によって、ありとあらゆることに強く深い興味を持ち、自分ごととして挑んでいかれるので、いつまでも社会の現役として独立されています。そして、社会の現役として独立されていることが、明日、そしてその先への興味とつながり、強力な生きる力を生み出す。あくまで私見に過ぎませんが、真弓先生が常に、よりよく生きるための力強いプラスループを、自らの力で起こし回していらっしゃると感じます。

そして、この「童心のような純粋で強い興味力」は長寿にも効果があるようです。私は、慶應義塾大学大学院システムデザイン・マネジメント研究科附属の研究所で、幸福学を学び研究する末席研究員の一人ですが、恩師、前野隆司先生の研究によると「幸せな人は、そうでない人に比べると七〜十年ほども長寿である」ことがわかっています。そして、人の幸せは「やってみよう因子」「ありがとう因子」「なんとかなる因子」「ありのままに因子」という四つの因子で構成されるという研究結果が出ています。主体性があり、行動にやりがいを感じながらワクワク、イキイキ、没入し（やってみよう）、みんなのおかげさまと感謝することでより豊かなつながりを生み出し（ありがとう）、前向きにポジティブであること（なんとかなる）、そして、人と比較しすぎず自分の個性を磨き続けること（ありのままに）。このように振る舞うことが自身を幸せに近づけるそうです。どうでしょうか。まさに、二宮真弓先生のお姿そのものではないでしょうか。「童心のような純粋で強い興味力」がドライバーとなって、真弓先生の中の「幸せの四因子」を目覚めさせ、ご年齢を感じさせない若々しく晴々とした真弓先生の人生物語が紡がれているに違いありません。

私は真弓先生の、愛嬌に満ちた度胸と無限の好奇心に支えられた生き方が大好きです。

最近の日本は、なんとなく内向傾向で、ポジティブなことよりネガティブなことに目が向くことが多く、発する言葉も暗くアンハッピーなものが多いように感じ、どこか窮屈さが否めません。そこに地球温暖化が誘発する自然災害やウィルスが襲いかかり、どうにも重たい空気を上手に拭い去れない今、まさに必要なのは、真弓先生の若々しくユーモラスで温かく生きる力に満ちた言霊《ことだま》だと感じます。これは、誰にでも発することができるわけではなく、真弓先生が貫かれている生き様だからこそもたらされた、かけがえのない宝だと承知しています。私は、真弓先生から生まれる数々の生彩を放つ言霊から、人生を生き生きと自分らしく、強かにしなやかに生き抜く姿勢や心持ち、ちょっとしたコツや技など、大事な学びを沢山いただいています。

父を見送ったあの日、歩みが止まりそうになった時に前進する力を与えていただように、マユミンパワーのお陰様で、長引くコロナ期も私らしく元気に乗り越えられると、安心して毎日を過ごすことができています。

最後に、私から真弓先生にお願いを申し上げます。こちらの二十冊目に「最終楽章《フィナーレ》」と題されていますが、長寿の何よりの秘訣は「人のことは気にせず、自分がワクワクすることやときめくことをすること」だそうです。マユミンワールドを待ち、心の支えにしているファンのためにも、真弓先生の背中を追いかけ続けたい後進のためにも、どうか引き続き、ご執筆を続けてください。ますます生きることが楽しくなる毎日を創り出してくださいますように。

二〇二一年　新涼

ホッピービバレッジ株式会社　三代め〝ホッピーミーナ〟

目次

PART 2　人びとのアンダンテ

PART 3 カデンツァはさりげなく

［間奏曲］

PART 4　2021年ラプソディ

PART 5 虹色のヴァリエーション

傘寿のバラード

ずっこけマユミンの爽やか最終楽章《フィナーレ》

PART 1

気分はラグタイム

1

さはやかに備前おさふねの塗師《ぬし》の夏

私が三年前にスペインの伝統画家パコ・モンタニェスと俳句でコラボしたごとく、刀の握り部分（取っ手）に魅せられたフランス人の要望で、蒼色の追求の果てにすばらしい青海波《せいかいは》に似た文様にたどり着いた、というNHKの早朝ニュースを見た。

うれしい！

ふと「♬想い出はモノクロ〜ム　色を点《つ》けてくれ〜」をうたいたくなる。

日本のさまざまな伝統芸術の伝承にも、少しずつグローバルな視点から手が加えられて、たぐいない芸術へと昇華してゆくにちがいない。

アニメの世界の肥大化に文句をつけるつもりは毛頭ないけれど、どうか日本の伝統文化にも、若い日本のみなさま、どうか大きな関心を捨てないで、大切にたいせつにしてほしい。もうすぐ卆寿（九十歳の祝い）の老婆の、心からのお願いである。

久しぶりに孫のサンドラの運転で、愛知県瀬戸市深川町にある、夫の生まれた二宮家の墓参へ行く。ヤブ蚊の大群にびっくり。

この墓地は二宮家専用で、百坪ほどに『延喜式神明帳《えんぎしきじんみょうちょう》』にのった神職の先祖二十六代にわたるたくさんの墓石がある。式内《しきだい》深川神社は、奈良時代の宝亀二年（七七一年）の創建で、天照大神はじめその一系をまつる。

深川神社の境内には六世紀の横穴式円墳がある。そして瀬戸焼の陶祖、加藤景正、加藤藤四郎をまつる。よって、瀬戸市の産土神《うぶすながみ》とされている。

実は、今日かぎりで、八十四歳の老婆マユミンは車の運転をリタイヤします。

三十歳で国際免許のライセンスを取得してのち、Hertz《ハーツ》のレンタカーを借り、英国王立音楽院に留学中の次女のナビでオクスフォードの街まで行きました。『不思議の国のアリス』の作者の足跡と当時の浩宮《ひろのみや》皇太子の留学中のなんとか寮を探すためです。二十数年まえのこと。

運転免許を返還するにあたり、五十四年間のいろんな思い出がいま甦ります…。

北は『われ幻の魚を見たり』の青森・十和田湖から、南は倉敷の大原美術館の『カレーの市民』の手鎖り像や山口県の森林太郎の墓、そして、吉田松蔭の足跡、松下村塾まで。

二人の娘を連れて、五十四年間を日本とイギリスの各地をドライブした教育ママのなれの果てです。

アデュー　ニッサン・トヨタそしてＶＯＬＶＯ！

2
我がアイリス　TVコマーシャルに出《いで》ぬ　富士また冠雪

十一年前、名古屋の自宅階段からの落下事故で、第七頸髄《けいずい》損傷による両上肢・下肢機能障害三級の私は、昨年から念願の東京都民となってからも、それらの機能障害が日ごとに増幅して、いよいよリハビリ専門師に週二回の治療を受けることが決まった。

治療に適した部屋の天井に、多美が〈アイリスオーヤマ〉のヴォイスなんとか機能の照明をつけてくれた。馴れるまでが大変で、「アイリス、明かりをつけて！」なら言うことをきくが、「アイリス、明かりをともして！」では駄目。「アイリス、照明をともして！」も、言うことをきかない。

アイリスめ…。こちらが正しく指示を出すと、かすかに「カチッ」と微妙に反応するのだ。こいつのご機嫌を損じまいと、万物の霊長類たる人間さまが苦労するのも、しゃくである。

3

冷蔵庫のご機嫌わるし梅雨の明け

憧れの東京都民になってまだ一年に満たない。しかし、十年ほど前からこの目黒区の寓居と名古屋を往復していたので、ここで買ってすでに十年たった大型テレビや冷蔵庫や洗濯機の故障が最近とみに多くなった。メーカーは、もう修理の部品はないと、にべもない！〈多量買い置き〉癖のマユミンは、ジャパネットたかたの巧言についつられて（つられる方がわるいのだけれど）、美味しい冷凍食肉加工品を一年分お取り寄せ、独り住まいも忘れて、毎月届く。

そこに、電気部品の不調である。新しい冷蔵庫は早くても三日後、到着とのこと。

緊急事態発生！

なんとか凌いで老女大奮闘の巻。まだまだ暈《ぼ》けてる暇はマユミンにはないのだ！年末のウィーン行きの予定もあるし、きりのよい俳句エッセイ二十巻めも、やっと脱稿したし…。

4

サンドラより嬉しき電話　梅雨はじめ

「おばあちゃま、今泊まってるお友達にティー・セレモニーを教えてくれない？」

ニューヨーク大学を卒業した仲間三人を東京へ招いた彼女、煙たい老女をジュネーヴ・コンクール審査のため旅立ったイチロウ夫婦の留守宅に追いやったくせに、ふと茶道に興味を持つ友人たちに見せたくなったらしい。

まっ、いいかと返事をしておいた。

今頃の若者の考えることには、ついてゆけないことも多々あるが、こんなことなら付き合ってあげよう。ついでにフェアウェル・ディナーでもごちするか！　甘〜いおばあちゃまである。

5

眞弓刀自《とじ》の紅き四文字や遅き春

この度の眞弓の住民票の東京移籍によって、簡単には済まされぬもろもろのことが浮上してきた。

煩わしい役所関係のもろもろは、多美と美佐が片付けてくれた。

名古屋の家の膨大な書籍を思いきって捨てるか。いやいや、中には、大変な思いで手に入れたもの、取るに足らぬものなどなど、およそ九十年に及ぶ人生で、ゴミやあくたと、判然と割り切れないものものも当然あるのだ。

最近、娘たちに言う。

「あの福島で罹災した方たちのことを思えば、お母さんは宗教心にはいささか乏しい性格で、いわば、のん気に、わがまま放題に、いろんなことを自分なりに生きてきたけれど、なんかの思し召しによって、ある朝すべての執着から解放されたと思うことにするわ…」

思いがけない天災に見舞われたと思えば、私には拙いながらもあの俳句エッセイ二十冊の、永年手がけた著書があるではないか。幸い、寛容な夫やすばらしいお婿さん野平一郎や娘たちと、たったひとりの孫サンドラのおかげで、なんの苦労も感じないで、いささかの外国への旅や、得難い日本や外国の友人たちと、この幾十年を豊かに過ごすことができたんですもの…。

最近よくお世話になる順天堂医大のすてきなドクターたちにお会いするたびに、「そうだ！『順天』の意味するのは『天の意志に従え』すなわち『天命に順へ』なんだからジタバタするのは止そう」と思いついた。

天命にしたがって、たぐいなく佳き友人、よい職場にも恵まれ、ほとんどが楽しかったこの世の中で、満ち足りて「さようなら」を言っておいとましよう。だから、遺《のこ》ったものは〈メル何とか〉に売ったりしないのがよい。大したものがないので、その心配にはあたらないけれど。

6

オマールの殻もったいなくてお味噌汁

多美が、老母がまた転んだりするとめんどうなりと、赤坂に泊まったマユミンを翌日わざわざ寓居まで送ってくれた。

前の晩は、たくさんの方々に東京藝大の奏楽堂における退任コンサートでご挨拶をしすぎて、あと、また今年でお別れのイチロウさんの担任の学生たちとの集合写真撮影やら、イチロウさんの楽屋のかたずけやらあって、随分と帰宅が遅れてしまった。さる方のご好意でハイヤーをおそくまで待たせることになってしまったが、すばらしい大きな花々のプレゼントも多く、ほんとうに有り難かった。

だから、翌朝、老婆を寓居へ送るついでに、きのう疲れ過ぎて何も食べずにバタン・キュー眠ってしまった老女に、翌日オマール海老のコキール半分をもってきてくれたらしい。

頭といい内蔵といい、捨てるにはもったいないわ。

そうだ！
今、私のあたまには、ビスク・スープというよりは、お味噌汁が浮かんだ。
オマール味の薄味のお味噌汁が、思いっきり食べたい。
そうしよう。細ネギもそえて。
唐辛子は、京都で手に入れてあるわ。

7　探してた川端茅舎《ぼうしゃ》の句　はや櫻

「何書いてもいいわよ」と依頼したオペラ歌手のミッちゃんが思う存分マユミンをこきおろして、でも随分褒めてもくれている〈序文〉〔本書二三六頁参照〕つき――『ヴォージュ広場の騎馬像』（中日出版社、二〇〇九年刊）の中をよく見たら、川端茅舎の京都・六道詣でのシニカルな俳句が出てきた。

金輪際《こんりんざい》割《わ》り込む婆や迎へ鐘

我がタイトル俳句「パリにても盆花売りや寺の鐘」の文中に出てくる。

多美と美佐は言う。「この厚かましい〝婆〟って、お母さんのことでしょ？」

ちがうわよ。失礼なり、わが家族！

8

死に際にお説教ならもうたくさん！

おもしろい生き方のマユミンの著書や鬼アザミ。
ちくりと皮肉　マユミンならではの隠し味。
京都で買うた名うての唐ん辛子。
ほんによく利くほんまやわあ。
実のところ、ほんまの〈性悪おなご〉だす。
どうぞ、わろうてやって下さいな。
ようやっと目処《めど》のついたか完結編！
やっとこさ終末編や鬼アザミ。
暈《ぼ》けちゃふまえに出してえな。
最後の最後きみのわるい京都ことばはよしなさい。
『孝女しら菊』聞き飽きたわよ、あなたの本で！　アハ・ハ！

9

「菌《きん》ならばあそこに集めてあります」に驚きぬ

名古屋へ帰ると、サヨちゃんが、ご親切にいろんなスーパーマーケットへ運転してくれるので、心から感謝している。

さるお店でのこと。「松茸は何処？」と聞いたら、この答えでびっくりした。

俳句の世界では、「菌」の字を「きのこ」と読むのは知っているけれど、八百屋さんの世界でも、茸をダイレクトに「きん」というのかしら？　バイキンじゃあるまいし。

そこで、彼の言うように「きん」の場所へ行ってみた。

あるある。やはり、今年は豊作ときいた日本産の松茸はなく、中国産だけ。ぽっちゃり美味しそうな厚型、いわゆる「どんこ」椎茸、イチロウさんの好きなマイタケ、そして、ブナシメジ、白色ブナシメジ、エリンギ、父の好きだった黒い苦みのある「ろうじ茸」（老茸とも、クロカワ、なべ茸とも）は、ない。

死の家の菌青々寒月下　三谷昭

けれどやっぱりヨーロッパで見た黄色のジロールもない。その、和名アンズタケは、きれいな黄色でザルツブルクでもミュンヘンでも、市場に山のように積んであった！

美味しそうで、ザルツブルクでは、イチロウさんがザルツブルク・モーツァルテウム音楽院で二週間講義をすることになっていたため台所つきのホテルなので、ガイドのいうようにソテーしてみた。美味しい！

パリ近郊の森で採ったばかりのエリンギ茸も、お料理意欲をそそったが。

イチロウさんが最初につくった〈第一次東京シンフォニエッタ〉の演奏旅行の、あのジャンヌ・ダルク処刑の地（ルーアンのヴィユ・マルシェ広場）でも、いろんな茸があって、羨ましかった。あのツアーでは、権代敦彦《ごんだい》くんの曲を、フルートのランパル国際コンクール第一位受賞の佐久間由美子ちゃんが吹いたわ。

あそこの郊外の薬局のショー・ウインドウにいろんな茸の見本が出ていて、薬剤師は客の質問に的確に答える義務あり、と聞いた。さっすが！

10　ひょっこりとまだむのお見舞ひ　梅雨ぐもり

看護師さんが「そろそろ洗髪はいかが」と言ってくれた。

「病院のコワフュールはどこ？」と聞いたばかりなので、車椅子に乗って、喜んでお願いした。

部屋に戻ると、いつもの笑顔のまだむ（山岸美喜さん）がうれしい贈り物、「白雪姫にはモデルが二人いた！」なる本（『物語のある風景』）を携えて、お見舞いに来て下さった。

仙台国際音楽コンクールにご一緒したばかり！　すばらしかったピアノ部門のこと、千田《ちだ》家のすてきなお茶事体験、そのあと私が滞在したウェスティンホテル仙台の、広瀬川も見える高層部屋で〈せんだい女子会〉の楽しかったこと！　いろいろ話は尽きない。

老女八十七歳にして、毎日まいにちこんなに楽しいことがある幸せな私に、イチロウさんはじめ、子どもたちに感謝せずにはいられない。

11

メヒカリてふ干物アンチョビの如《ごと》サラダにせむ

一昨年、仙台国際音楽コンクールのピアノ部門の審査員になったイチロウさんにくっついて行った。朝市で素晴らしい山菜や大きくて美味しい鰻など、いっぱい手に入れた。今年は籠もり居の毎日なので、庄司遥さんに「あの美味しいワラビやコゴミなどと、美味しいウナギなど、手に入りませんか？」とお尋ねした。すぐにご手配あって、

みちのくのわぎへの里ゆ送りきし蕨をひでてけふも食ひけり　　斎藤茂吉

の毎日を楽しんだ。その中に、お酒飲みが珍重するというメヒカリ（青目狗母魚《あおめえそ》の干物）もあった。

そうだ。今朝のトーストのサラダに、アンチョビのかわりにこれを入れてみようと思いついた。大成功！　美味しい朝食であった。

12 ピエ・ド・コション（豚の足亭）に耳ガーありぬパリは夏

以前から興味あり。一度行ってみたかった豚の足亭（ピエ・ド・コション）へ娘たちと出かけた。ここに近く、〈アニエス・ベー〉本店もあるので。

珍しく多美、美佐、サンドラの四人の意見の一致をみた。爽やかな夏の夕べである。レ・アール地区にあるピエ・ド・コションへ着くと、二階の静かな個室を用意してくれていた。上質なレストランである。

とにかくこの店のスペシャリテを注文すると、出るわでるわ、豚のからだのあらゆる部位、例えば鼻、耳の薄切り（燻製にしてあるらしい）、ピエ・ド・コション、すなわち豚足《とんそく》もあれば内臓のいくつかも…。

といっても、とても高級感のある、素敵なレストランである。ごく普通の豚のソテーももちろん出た。おいしかった！

沖縄の耳ガーを思い出す。行ったことはないけれど。

亡夫がまだ元気なころ、韓国の現代《ヒュンダイ》自動車の傘下の取引先の新工場完成式に招かれた。するると神棚に豚の生首《なまくび》がちょこんと供えてある。ほほう、と初めて見る光景に驚いていたら、後のパーティにその首だけない！

「さっきあったあのお供えは？」と聞いたら、「二宮社長、あなたが今召し上がっているのが、それじゃありませんか」とこともなげに言われて、びっくりしたらしい。世界の国さまざまである。

13

香り高きマンゴーの届く梅雨晴れ間

タイ国日本人学校へ派遣教師の奥さまより

静岡のＡＯＩホールにお務めだったチバちゃんから、素晴らしいマンゴーが送られてきた。タイ国といえば、すぐにアユタヤの山田長政しか思い浮かばない老女の私。

宮崎では初物に望外な値段がつくらしい。チバちゃんご好意のマンゴーを、多美がお裾分けに一個寓居へもってきてくれた。

マンゴーの種って、こんなに大きかったのね。モンゴウイカかだかの骨みたいに大きいのね。沖縄地方ではどこの家の庭にも、自家用に植えてあるらしい。何とか植えてみたい。

識者に聴いたら、あの船型をはがすと、お多福豆ふうの黒い種があるという。それを植えるという。やってみるか！

14　二年ぶりドゥラングル夫妻とランデ・ヴす

教授の末娘がドクターになる勉強中の話題や、いつぞやマユミンを火吹き蜥蜴《とかげ》のシャンボール城へ連れてってくれた、群響の野田くんのパリ音楽院後輩のレミ・ドゥラングルに二人目のお子さんが出来たことなど…。話は尽きない！

「アンゴラ公国へ最近演奏に行ったよ」

「えっ！　タックス・フリーの？　マユミンも行きたい」

八十七歳になっても、いまだ買い物欲、衰えず。困ったもんじゃ。

15

十五年前、マユミンの
卓球はサービス・エースで敗退　夏木立

大賀ホールへ歌いにきたオペラ歌手のミッちゃん、林美智子にサンドラが言う。

「プリンス・ホテルのおばあちゃま、お昼寝から起こして、ピンポンをしようよ」

面倒くさいなあと思いつつ、いやいや起きて始めてみたが、まるで八十歳近い老婆の老眼と、衰えた体躯がゲームについて行けない。

初めのサービス・エースだけは玄人《くろうと》はだし。

「えっ、マユミンは卓球少女だったの?」

と、ミッちゃん。さにあらず。我が生家にはピンポン台が昔からあって、ピンポンがうまい番頭さんが一人いた。しかし昔ながらの〈のんびりタイプ〉で、悠揚迫《ゆうようせま》らず、小手先の奇手も用いず、「ピ〜ン　ポ〜ン」とのんびりした試合なのである。

かくして、夏の軽井沢はのんびりと、何事も起こらずに過ぎて行くのであった。

16
『家族にかんぱい』ふと懐かしき声ゴルフ場の春

オアフ島の日本の女子プロのトーナメントもあるコオリナ・ゴルフ・クラブへ。まだ元気だった夫もまじって、家族下手っピー・ゴルフである。

するとお嬢さん方、ずいぶん飛ばしはりますなあ」

何だか聞き覚えのある声が、うしろの組から。

きっと、あんまり下手なわれわれに、シビレを切らしたに違いない！　すぐうしろの組は、あの鶴瓶《つるべ》さん一家だった。

美佐が所望して、記念写真を撮る。奥さまも同じ大阪芸大出の、背丈のある美人。言葉少なで、感じのよい奥さまだった。腕前は、なかなかのもの。爽やかに別れた。

サンドラはまだプナホウ学園のプリ・スクールだったので、お父さんといっしょに置いてきたらしい。

17 小原せんせいに小田急始発でカーネーション

父上とも開聞岳には入道雲

わが拙ない俳句も最近著の十九冊目『追想のロンド』（春秋社、二〇二〇年刊、一〇二頁）にも書いたけれど。

「まゆみは、私をとことん責めないから、原稿が書けないいんだ！」と、いつも原稿が間に合わないのは、さもマユミンの不手際のせいみたいにおっしゃるのに、いささか我慢がならなくなった。実際には、あらゆる大切なことが人任せにできないで、自分の目で確かめないと済まないご性格のせいなのだ！

小田急の始発が早朝五時何分かを調べておいて、「ときはいま…」の謀反《むほん》を起こした十兵衛の顰《ひそ》みにならって、小原せんせいの八十歳誕生日、四月八日早暁、真紅のバラは薄給の私にはちょっと無理なので、あらかじめ準備の真紅のカーネーション八十本を手に、あの玉川学園の入口の長い急坂をのぼる。

「おはようございます」

女中さんしか起きていないことも知っていて、玄関で大声を出す。

「なんだ、まゆみ。何があったんだ！」

「なにもありませんけれど、せんせいはいつも、原稿が書けないのは、まゆみのせいだとおっしゃいますので、今朝は早起きして、『全人』の巻頭言をまず、書いていただきます！」わざと厳しい顔で。

「まあまあ上がりなさい。一緒に朝ご飯でも食べよう」

「でも、今日こそ原稿は五反田の印刷屋にとどけないと間に合いません」

「わかったわかった。とにかくまず、朝ご飯にしよう」

やっと、一件落着。おばさま（奥さま）には、マユミンの意図がスケスケなので、笑うのを我慢なさっている。

こんなこともありましたわねえ。懐かしい、旧いふるい思い出である。

18

下宿にもさまざまありぬ竹似草《たけにぐさ》

大学生活がおわって、りんどう塾を出ることになった。さて、どこにしようか。小田急沿線でさがす。

玉電沿線の上町駅に、一つ見つかった。まあ、下宿のおばさんもいやな感じではない。同宿人は、当時の二階堂女子体育専門学校の二人と、秋田出身の秋田美人。

さして文句があるわけではないけれど、半年ほどたってから、一つだけ困ったことができた。お手洗いの草履がいつも湿っていて、我慢ならないのだ。ことは簡単なり、と思ったのが、大きな誤算だった。

「お手洗いの草履《ぞうり》を新しくしたのは、カトウさんですか?」

気色ばんだおばさんの声に驚いた。感謝されこそすれ、こんなことでおこられるとは思わなかった。彼女にして見みれば、大変な屈辱らしいのだ。

何だか、こんなことで文句を言われるのが嫌になって、トイレの草履を買った近所の荒物屋でつい愚痴をこぼした。

すると、「それなら、私の姉が豪徳寺と明大前の中間で下宿をやってるので、紹介しますよ」とのことだった。

19

さまざまな事件のありて仮りの宿

明大前の下宿では、まあ、おもしろい体験をした。同宿のN大医学部のふたりに赤ちゃんが生まれそうになって、二人の両親は大反対なので、頼るわけにはゆかないらしい。出産後、みんなで近くの病院へお見舞いにいった。

「お産の費用は学割にしてもらいなよ」と下宿の豪傑おばさん。

この大胆なおばさんは、いつも来るなじみのお豆腐やさんに「その欠けたお豆腐は夕ダでいいでしょ」とか、「油揚げをもう三枚おまけにしろ」とか、要求がすごい。この人の連れ合いのおじさんは逞しい体躯で、何だかからだにワケありの〈くりから紋々《もんもん》〉の彫りものがあって、真夏でも長袖のシャツ着用。

しかし、ここでは、廊下もお手洗いも同じに奇麗におじさんの手になるお掃除が徹底的にしてあるので、「自分のスリッパでどうぞ！」という。これには、感謝したわ。でも、衛生的にはどうかしら？

世話好きのおばさんは、「カトウさん。アルバイト希望なら、うちの玄関に張り紙しなさいよ」というので、そうしたら、すぐに英語を習いたい小学生が親子で訪ねてきたわ。この子は、中学受験まで世話をした。ほんとうに勉強のできない男の子で、綴り方、さんすう、も見てあげた。成城学園住宅地に転居しても、電車に乗ってやってきた。

明大前のこの下宿には、某万年筆会社の幹部のお妾さんが入ってきた。世話好きのおばさんが「カトウさん。あなた、良い着物をたくさんもってるから、あの水上温泉のげいしゃのお妾さんに買ってもらいな」という。いささか手元不如意であったので、喜こんで、家出に際し家《うち》から持ち出したお召しの着物や縮緬《ちりめん》の羽織などで融通してもらった。近くにあった官製の〈国民質屋〉ではたいしてお金にならなかったし。

ここには、不思議な同居人が次々現れるのだ！　しかし、ここも出なければならない問題が起こった！

卒業間近かの三月の東京・世田谷区はことのほか寒さが厳しくて、勉強と仕事で夜半遅く帰宅した私は、まだ電気ごたつ禁止のこの下宿では、湯たんぽ無しでは到底ねむれず、そんな大事件になるとはつゆ知らず、締めてあった台所のガスの元栓をあけてお湯を沸かし、湯たんぽに入れて就寝した。

翌朝、なんだかおばさんの態度が冷めたい。人のよいおじさんに理由《わけ》をきくと、「カトウさんが、禁断のガスの元栓をあけてお湯を沸かしたので、怒っている。謝りな！」とのこと。

そんな理不尽な理由で不愉快な詫《わ》びはできないと決心。またまた下宿探しの運命となった。

20 今は昔シャンソン酒場って懐かしき

二〇二一年四月三日。ＮＨＫテレビ早朝の『あの人に会いたい』は、なかにし礼さんだった。

どこかのテレビ局が「なかにし札」と、わざと笑いを呼ぼうとしていたけれど、これは死者に対する冒瀆であろう。けしからん！

昭和三十年の卒業の頃、マユミンは〈難儀の下宿探し〉にいそしんでいた。最後の下宿先となった成城学生アパート〈アズマ邸〉〈西邸〉の住人たちは、それまでのまったく下町の暮らしの人たちとは異なり、おもしろい発見がいろいろあった！

東宝芸能学校へ通う妹のいるドレメ洋裁学校のなんとかさん、のち、『主婦の友』ならぬ『婦人の友』だったか、就職活動に成功した、中央大学の大沢周子《ちか》さん。彼女は同じ大学の夫と新出発の教育テレビ局特派員の妻として渡米。『たったひとつの青い空―海外帰国子女は現代の棄て児か』で、長男のいじめ問題に鋭い筆力を示した。『自分でえらぶ往生際』もある。彼女の夫はテレビ草創時代、「日本教育テレビ」の名で出発した旺文社の赤尾社長のことば、「理想は高く、暮らしは低く」だと笑った！　なんだか経営者にとって都合のよい社是《しゃぜ》である。大沢周子さんは、三十年前の多美とイチロウさんの婚礼の前日、ホテル・オークラへマユミンに会いに来てくれたわ。お元気かしら。会いたい！

成城の学生アパート以来、いまだに永いおつきあいの石澤光子さんなど、まだマユミンの周辺には、親しい友人がたくさん。

21
「オートミール」を「オーツミール」とマダム・糸川

玉川大学の学生時代、ロケットの糸川博士邸でベビー・シッターを依頼された頃、英樹、英穂、裕里子ちゃんのママは「オーツミール」と正しく、その出自を発音していらっしゃった。

彼女は玉川学園女子専門部のご卒業で、カナダ人経営の神戸の幼稚園育ちなので、正確なのである。うちの母も神戸生まれが自慢だったが、「オートミール？　あんなまずいもの」とバッサリ。

そして、その頃のオートミールは、昭和天皇も朝おとりになると承《うけたまわ》ったわ。

メーカーは、昭和三十年代の頃、「クエイカー（清教徒）印」でなくてはならなかった。輸入品に限られていたのである。実におもしろい。

22

阿新丸《くまわか》をアシンと読みぬ春の闇

十二歳の春であった。

希望の岐阜県立多治見高女へ入る直前から、私は流行性眼炎から角膜炎にかかってしまった。合格の歓びもつかの間、一週間ほど登校しただけで、名古屋の葛谷《くずや》眼科院に通うこととなり、知人の家にあずけられた。

治療は長引いた。一方、第二次世界大戦の戦局はいよいよ我が国に不利となり、名古屋空襲もささやかれるようになって、名古屋での治療をあきらめた。戦火に影響のない長野県木曽郡木祖村、国鉄の藪原駅から一里ほどの眼科医の治療を受けることとなった。これも親ごころから発した選択肢のひとつだった。

私と神戸から付添いの伯母だけは、食事付きの近くの旅館に滞在した。他の患者たちは、自炊のようであった。

早春の信州の自然はすばらしかった！　都会育ちの伯母は陽気なたちで、すぐに長期滞在の若者達とも仲好しになって、その自然発生的にできたグループは、時節から病院の診察が始まる前に、患者代表の若者によって朝礼の「宮城遥拝！」の号令があった。あとは近所の牧場にハイキングしたり、山裾を散歩したりで、学校へ行けない悩みも忘れ、まあ楽しい毎日であった。都会育ちの伯母は、初体験の蕨とりや山蕗《やまぶき》とりに夢中であった。

嬉しかったのは、信州のひと月おくれの端午の節句の食膳に、なんとあずき餡のぼた餅がついているではないか！

スズランや野の花々はふんだんに咲き、郭公がしきりに鳴いていると笠原の従姉妹たちに知らせたら、みんなうらやましがった。二カ月ほどして、眼疾の進行もとまったので、帰宅することになった。休んでいた女学校に復学した。

国語の教科書もどんどん進んでいた。私が当てられて、『太平記』の一節の阿新丸のくだりを読むと、お隣の席の子が小声でそっと「加藤さん、アシン丸やなくてクマワカ丸やよ」というではないか。愕然とした。

大きなハンディをもった女学生の船出であった。

（俳句エッセイ『ヴォージュ広場の騎馬像』中日出版社、二〇〇九年刊）

23

ロマの音楽　探究のひと野分くる

ひたすらロマの音楽を追求の、古澤《ふるさわ》巌さんのBSドキュメント番組を見ていて気がついた。

小学生の頃から母に内緒で、ひそかに『キング』や『富士』などの通俗月刊雑誌も読んでいた。三角寛《みすみかん》などの山窩《さんか》小説の人たちの生業《なりわい》と、流浪の民、ジプシー、いまは〈ロマ〉の生業がみごとに同じなのだ。

彼らは、捨ててある鉄屑などから器用にお鍋やフライパンを作ったり、穴のあいた台所用具の繕《つくろ》いをして生計を立てている。

かつての日本の山窩も、同じように鍋釜の修理などで食べていた。〈いかけ屋〉（鋳掛け屋）さんの愛称で。

幼い私が一番びっくりしてショックを受けたのが、ある小説の中で産気づいた若い女がたったひとり小川のほとりで出産して、何事もなかったかのように冷たい川の水で子どもを洗い、そのまま、すたすたと〈瀬降《せぶ》り〉に帰るという個所だった。小学五〜六年の私には、刺激が強すぎて。そして、当時から、私はすこぶるおませだったのだ。

母はルナールの『にんじん』や川端康成の少女小説『美しき哉』などを読ませたがったけれど。『美しき旅』だったかしら。でも、これも吉屋信子ばりの、レスビアン物語だった気がする。

24　桑港《サンフランシスコ》球団のコン・デンプシーに出会ひけり

私が多治見高校二年のころ、まだドームじゃなかった名古屋駅近くの中日球場で、日米親善野球の試合があった。父が試合を観戦して、お土産に、初めてみるコカコーラとホットドッグを買ってきてくれた。

その翌日に、私は名古屋栄町の丸栄百貨店の外国切手売り場で買い物をしていた。すると、ひとりの屈強の外国人が通りかかったので、サインを乞うた。その頃、このビルの上にしか外人の泊まるホテルはなかったから、来日の野球選手のひとりとわかった。国鉄線で多治見を経て笠原へ帰宅して、よく見ると、サイン帳の主は何とオドール監督率《ひき》いるサンフランシスコ・シールズ球団のピッチャー Con Dempsey と判明。嬉しかった！

Con Dempsey 投手のサイン〈お宝鑑賞会〉に花開く

それからなんと七十年の月日をへた、二〇二一年六月末日、〈なんでも鑑定団〉に偶然、このときのコン・デンプシー投手のサイン入りグローブか何かを出品した人があって、マユミンの目に留まった。こういうことって、九十年近い人生には起こることもあるのね！

肝腎の私のサイン帳は、笠原町の実家から結婚当時の名古屋市・公団鳴子団地のあたりまでは本棚にあった記憶があるけれど。いい加減な性分のマユミン、のち、どこかへ紛失したらしい！まっ、楽しかった思い出だけで十分だわ。

その後、ケント・ナガノさん夫人の児玉麻里さんの〈フォレスト・ヒル音楽祭〉にイチロウさんが招かれたので、家族で訪れたサンフランシスコ湾に、シールズ（かわうそ）どもがうじゃうじゃ屯《たむろ》しているのをこの眼でしっかり見たわ！

25

楽しみは変形十銭玉か手裏剣《しゅりけん》か

第二次大戦の銃後の守りを強いられた昭和十七年ころ、私は国民学校三年生であった。出征兵士を送るため、みんな授業を休んで笠原鉄道の笠原駅に並んだ。たった一枚の召集令状によって一家の担《にな》い手を戦場に送る家族の思いはいかばかりであったか。

うちの祖父たちの努力でやっと開通した愛する笠原鉄道のことを、ボロ汽車だのマッチ箱だのという者もいたが、実はこの機関車は明治五年のイギリス生まれで、その出自はすばらしい。東濃鉄道の前身の笠原鉄道創設に当たって、昭和五年に佐久鉄道、いまのJR小海線からセコハン二両を購入した。かの弁慶号、義経号にも劣らぬたおやかな容姿であった、と私たちは思っている。

「バンザイ、バンザイ!」と、お国のためにこれから異郷へ向かう出征兵士らに日の丸の小旗をふりながら、しかし、その視線は線路上の一銭銅貨にそそがれている。

私のふたりの兄は、それぞれ楕円形に変形した銅貨を宝物にしている。私も欲しくてたまらないのに、見せびらかすだけで、くれない。あるとき私も受持ちの先生の目を盗んで、そっと線路の上に置いた十銭銅貨は、「バンザイ〜、バンザイ〜」の歓呼の声のなかで、敷きバラストの上に落ちもせず、無情にも線路の一部と化してしまった。

後日、笠原の町で今も診療をなさっている弟の同級生で私も友人の医師の、藤井みちてる君にこのことを話した。すると、意外な答えが返ってきた。

「ああ、ぼくたちもその冒険はやりましたよ。でも、ぼくたちは五寸釘で手裏剣をつくることでした」よくもまあ、脱線事故が起こらなかったものよ。

笠原鉄道があのしなやかな機関車からガソリン・カーとなり、のちディーゼル・カーに変身し、貨物輸送の大半を占めた笠原の陶磁器やタイルはトラック輸送の波におされて、昭和四十六年六月に廃線となった。多治見市のまんなかを流れる土岐川の鉄橋をシュッポッポ、シュッポッポっポと懸命に走るあの列車を、今もときどき脳裏に浮かべる。

（平成五年三月、中部経済新聞）

26

露路門《ろじもん》に自転車をじゅんび逃げ出せり

子どもが多い加藤家では、いつもウナギをひと籠買って常に井戸からモーターで動く水道の水をたらし、捌《さば》き方を覚えたばかりの父が、背からではなく、美濃ふう腹さき捌きで焼き上げる。

爽やかな夏の、離れと母屋のあいだの広い庭にしつらえたテーブルで、大家族の賑やかな夕餉がはじまる。戸外で食べるのは、ひとえに潔癖性の母、美代子が、子どもたちにご飯を畳の上にこぼされるのが厭なせいなのだ。

ウナギ焼く煙り昇りて初夏の庭
立ち葵《あほひ》子どもの多き家なりき

締まり屋の祖母おしゅうほんは、決まって彼女がタレをつけて焼き上げた「ウナギの頭と骨は滋養があるから、子どもたちは食べなさい」とわれわれに強要する。

それがいやな幼い宰輔、純平、真弓の三人は、おばあちゃんのこの言葉が出るやいなや、露路門わきにあらかじめ準備しといた子ども自転車三台に乗って、逃亡をくわだてるのだ！

庸介、優香里、珠美が生まれるのは、この数年後から。

27

「毛無山《けなしやま》山頂にて」なる写真　白凱々《がいがい》

旧いアルバムの一九〇一年（明治三十四年）生まれの父の写真が見つかった。

毛無山は、北海道にも、妙高高原にも、身延山近くにも、山陰地方にもある。けれど、スキーの出で立ちだから、妙高高原スキー場あたりかしら。

毛無山というネーミングがおかしくて、小学生の私は興味津々だった。へんな子どもだった。

多治見高女の入学試験の口答試問で「加藤さんのお父さんはスキーをなさるかね？」と教頭のサカ爺《じい》から聞かれたので、「はい。私も幼いときからやりました」と言わずもがなの返事をした。もしかしたら、理数科のだめな私は、知らなかった父のスキー仲間の坂本先生のご忖度《そんたく》で入学できたのかもしれない。危ふし鞍馬天狗！　である。アハハ！

28
『子どもの四季』『善太と三平』なつかしき

愛読する坪田譲治の作品が映画になると、名古屋の名宝劇場まで、よく父に連れられて観《み》に行った。笠原の造り酒屋の三千盛《みちさかり》のおじさんやわが家《や》のおじいちゃん達が造った笠原鉄道で多治見まで行き、そこから中央西線で名古屋駅まで乗って。

昔、名宝（名古屋宝塚）劇場の上階にスケート・リンクがあって、兄達はよく滑った。いつかの冬休み、兄ふたりと父に連れられ、神戸から四国へ船で渡った。乗船する前に、大きな牛すき焼屋で夕食をとり、神戸のスケート場ですべったこともある。

その頃、稲田悦子という少女のスケート選手が有名で、まだよく滑れないマユミンが困っていると、「私の手を軽くつかんで」と言ってリードしてくれたのが稲田悦子さんだったような記憶がある。違う人だったかもしれない。

あとで知ったが、小学生ながらオリンピック選手としてガルミッシュ・パルテンキルヘン・オリンピック（一九三六年）に出場を果たした有名な選手だったらしい。

29

お迎へはいつも準備だおれ 子らの梅雨

私たちがまだ小学生だった頃。激しい雨になると、父兄が雨傘や雨合羽、長靴をもって、小学校へむかえに来た。

我が家の場合も、父が昭和二年うまれの加藤宰輔、四年うまれの純平、六年うまれのマユミンと、三人の雨具をととのえるのに時間がかかり、まるでヒマラヤ登山のごとき重装備を考えている父の思惑《おもわく》と母の意見はいつも一致をみない。私たちは、多少の雨などものともせず、笠原第一小学校から走れば五分なので、「ただいま〜!」と帰ってくるのだ。

コロナ禍に散々なやまされている今年のオリンピック・パラリンピックである。自然なかたちでこの難題を切り抜けられるとよいのだが…。

30

懐かしきドリコノのこと遠き夏

はるか八十年も前、〈ドリコノ〉という子どもの好きな飲みものがあった。兄たちの『少年クラブ』や『幼年クラブ』、私の『少女クラブ』などの大日本雄弁会講談社の雑誌の目次の端に広告が出ていた。カルピスもあったが、ドリコノもとても魅力的だった。北杜夫さんの小説に、いちどドリコノをお腹いっぱい飲んでやろうと洗面器に濃液をうすめて飲んだところ、夜中に腹痛で大騒ぎとなったという一節があって、やっぱり北杜夫さんもそうだったかと、安心した。

話のついでに、『少女クラブ』の広告に〈ビクトリア・バンド〉があって、「これなあに」と、長兄の宰輔にきくと、声をひそめて「女の子に必要なバンド。イギリスの女王の名がついとる」と教えてくた。果たして何のことか、解《わか》っていたのかしら。

この兄は、十七歳で夭折したが、父も出た名古屋CA商業学校では、城山三郎さんと同級生だった。東美濃の笠原のわが家まで遊びにきて下さったのをおぼえている。

31

辣韮《らっきょう》を漬けてみんとて購《あがな》へり

土付き辣韮とのへて一汗かきぬ海の砂

ここにきて駱駝《らくだ》を連想、らっきょうを植える砂丘が浮かぶ。。

「♬月の砂漠を〜はる〜ばると〜」

子どもの頃はお転婆で。兄たちを真似て、自転車などは手放しで乗った。口笛なんどもお手のものだった。

わが家が、東美濃の笠原では相当変わった家らしいという噂であった。母、美代子の神戸弁も噂のまとだった。

笠原の町に「キッチャ店《テン》」が登場するや、母ミヨコは大喜びで神戸のように出かけて、町の人々のヒンシュクを買った。マユミンの無鉄砲なところは、ここに由来するらしい。

32
世の中に口笛吹けぬ人ありとは知らざりき

小学生の頃、小学校が近いので毎日気ままにコースを替えては帰宅した。すると近所の生垣《いけがき》の奥のお婆さんが「ちょっと、見てみやあ。カネ大のまあチャンが口笛を吹いていりゃあすに」

びっくりポンである。うちの母もうまく吹くので、女性でも口笛は当たり前と思っていた。

多美と美佐が大学生になって下宿した東京郊外の保谷《ほうや》市の音大女子学生会館では、私が上京するたびに、いろんな音大のお嬢さんが多美の部屋に集まってくれた。

そこの畑で取れ立ての小カブや胡瓜を早漬けにして提供したり、田舎のお菓子でみんなで狭いお部屋でのおしゃべりが愉しかった。マユミンは、牢名主《ろうなぬし》のようにベッドの奥に座り、くにたち、武蔵野、藝大、いろいろな学校の人たちと、おしゃべりが楽しい。

むかし『御民《みたみ》われ』の国民歌を教えに笠原小学校へきたソプラノ歌手、平井美奈さんの歌をマユミンが聴いたという話題にうつると「平井美奈先生なら、まだお元気で袴《はかま》姿で教えていらっしゃいます」と貴重な情報を耳にしたり。

ここで乞われてマユミンは『♬口笛吹きと犬』など、披露したもんである。

アンドレ・リュウのYouTubeで、みんなにメロディの一部を口笛で演奏をうながしたり、楽団員にコップの水でうがい混じりで歌わせる番組も楽しかった！　もちろん、マユミンも参加するのだ。

PART 2

人びとのアンダンテ

1

『御民《みたみ》われ』歌ひし昔八十年まえ

平成十六年三月六日の新聞に、声楽家・平井美奈さん一〇一歳でご逝去が報じられた。昭和六年生まれで、小学校六年生マユミンが在校の、当時めずらしくグランド・ピアノをそなえた笠原第一小学校は、この年、講堂新築のこともあって、東京からこの方をおまねきした。

ソプラノ歌手、平井美奈さんは、東京音楽学校マルガレーテ・ネトケ＝レーヴェ教授門下で、その頃声楽グループ〈ヴォーカル・フォア〉を結成、本格的なオペラを演じた。母からも、美しいこの方の名前は耳にしていた。

その平井さんが昭和十八年八月八日に、戦意高揚のため、『萬葉集』からとった国民歌「御民《みたみ》われ生ける験《しるし》あり天地《あめつち》の栄ゆる時にあへらく思へば」を歌唱指導するため、岐阜県土岐郡笠原町までおいでくださった。

東美濃の田舎に生まれ、ただただ音楽好きな少女にとって、それこそ体の震えるような初めてのクラシック音楽体験であった。同行のテナー歌手は内田栄一氏で、ほかに『かやの木山の』『平城山《なら》』、島崎藤村の『朝』、そのほか大中寅二などの曲も歌って下さった。

娘の多美と美佐が保谷市の音大女子学生会館に住んでいた四十年も前のこと。その頃、中央道高速道路をトヨタのマジェスタを駆って（この見えっぱりめ。足も届かないのに…）上京した私が、いつものように食後のお茶会を、他の部屋の音大生も大勢誘って、愉しんでいた。牢名主みたいにマユミンはベッドの奥に座り、たまたまこの話をすると、「平井先生なら、私の大学でまだ和服の袴姿で教えていらっしゃいます」と、上野学園大学の人が言うではないか…。

ひどく懐かしくて、当時のことをお便りした。すぐに、ご返事があった。

「あの当時のことをひとりの小学生がそんな気持ちで受け止めて下さっただけで、どんなに歌手冥利に尽きることでしょう！　この仕事をして本当によかったと思います」と。

2

沼津市の黄瀬川大橋こぼたれしてふ

沼津の印刷会社の思い出

二〇二一年七月五日、静岡県沼津市にも大きな災害をもたらした、今度《このたび》の未曾有の台風禍。私たちがかつて玉川大学出版の『玉川百科大辞典』最新版をつくったのは、その沼津市大塚一五番地の学校図書出版（株）においてであった。

当時、この会社には新しいアメリカ製の優秀な印刷機が導入されていて、社屋も申し分なく、新築で立派。社員も礼儀の正しい方ばかりで、素敵な働き場所だった。

追い込みで、出張校正の必要が生じた。そんな場合には、女性で、たった一人だけ選ばれたマユミンは、宿舎にあてがわれた粗末な社宅に泊まり込んで、校正の仕事に明け暮れていた。

当時高価だった絹のストッキングを洗って干したら、すぐに盗まれた。そんな社会情勢だった。日本の国全体がまだ貧しかったのだ。

校正が出るのが遅れて少し閑ができると、太平洋を見渡す千本松原に出て一休みしたり、お腹をいつも空かしている男性どもは、「真弓さん。国道一号線のトラック野郎のご飯屋へ行こうよ！」と誘惑してくる。はじめは何だか恐かったけれど、馴れればおもしろい経験だった。菅原文太主演の映画『トラック野郎』は、その頃の英雄《ヒーロー》だったから。

のちに山梨大学教授に転出なさった故・中山大樹教授など、お知り合いの教授連も校正にかり出されて、楽しかった。

「これ、マユミンの将来のすがた！」と、漫画がとてもお上手だった中山教授が描いてくれた一枚の絵がおもしろく、マユミンの性格が端的に表現されていた。名古屋の家に永くおいてあったが、残念ながらどこかへ行ってしまった。

…海の孤島である。破れたパンティの旗をひらめかせて、マユミンはたった独り、救助を待つ。そのかたわらには人骨がばらばらと、いくつも。どうもそれまでの協力者、何人かの男性どもをマユミン、食べ尽くしてしまって、たじろがない。それほどまでの悪女ではないつもりであるが、今は亡き中山大樹教授を、ウィットに満ちた知的友人として、尊敬しているのだ！　描き得て妙である。

3

池袋に『人生坐』ありぬ夏のそら

私が大学生のころ、池袋東口近くに「人生坐《じんせいざ》」という映画館があった。終戦後すぐに池袋に映画館を経営した三角寛《みすみかん》（本名＝三浦守、法名＝釋法憧、一九〇三～一九七一）。

マユミンがこの映画館に注目したのは、彼が漂泊民とよばれた山窩《さんか》小説家であり、田山花袋『帰国』、小栗風葉『世間師』、岡本綺堂『山の秘密』、椋鳩十など、人の世の異者の源流をたどること、僧籍にあって自分にできるなんらかの仕事をめざしていらしたらしい、そんなところであった。

『人生坐』の坐は、「まもる」の意であり、三角の信条に由来するという。

かつて池袋に『人生坐』のあり懐かしし
『人生坐』てふ小屋のありけり池袋

西のロマ、わが国の瀬降《せぶ》りに住む山窩小説に、深い愛情と知識をもつ作家であった。私が上京して、いろんなことに興味を深めた頃、この人の作品にぶつかった。

4

随筆『何とかしなくちゃ』の著者　熱海の夏

マユミンが結婚して名古屋市緑区有松の住宅公団マンション（単なるアパルトマンなのに恥ずかしい）に住んだ頃、あの伊勢湾台風に見舞われた。

その頃、トヨタ本社に勤務の若い女性が『何とかしなくちゃ』というタイトルで、唐草模様の大風呂敷をかついで、トヨタ自動車の東京支社へ転勤を願い出てたマンガふう表紙の、おもしろいエッセイ集をわれわれにもたらした。

彼女は戦時中の、いわば日本人慰安婦の方々が韓国や中国に残留のままの現状を『慶州ナザレ園　忘れられた日本人妻たち』にリポートした。第二次大戦の落とし子らの現状をつぶさに描いた、すぐれた筆力だった。

その方の初期のエッセイにも刺激されて、私は東京へ大胆な家出を敢行した。

彼女は、名古屋大学付属病院にひそかに入院の汪兆銘（王精衛、妻は蒋介石の妻ソウビレイの妹の宋慶齢）のことを記録した。

この著者とはご縁があって、私が心ならずも民生・児童委員の総務にさせられた頃、熱海のホテルで愛知県民生総務研修会が行われた際、名古屋市民生児童委員協議会から講師として招かれたのが、この方だった。

マユミンとは隣室だったが、お互いお話することもなく別れた。惜しいことをしたかもしれない。

5　上坂冬子『何とかしなくちゃ』若葉萌ゆ

ＴＯＹＯＴＡの高卒社員が一念発起して東京本社に転勤。それからの彼女の精進はめざましい。

私が買った初めてのエッセイは上坂《かみさか》冬子著『何とかしなくちゃ』で、これにも触発されたマユミンは東京へ家出したのだった。

あれから七十有余年。知らなかったが、彼女はのちに、癌疾に見舞われて逝去なさっていた。

名古屋大学医学部で手術をした汪兆銘のことは、よく知っている。汪兆銘ゆかり梅の木が名古屋大学医学部構内に残されて、立派に育っていることも。ちょうど、六歳下の弟の庸介が生まれてすぐに結核性胸膜炎にかかり、ときの鋭才ドクターの斎藤教授に手がけていただき、一命を取り留めた。当時の中国の要人、汪兆銘が同じ斎藤教授の担当だったので、そのことを父は誇りにしていたから。

この汪兆銘のことも上坂冬子さんは著書にとりあげて、よいお仕事をのこされた。映画もある。朝鮮半島に取り残された邦人の妻たちのナザレ園の訪問記事にも心を打たれる。合掌。

6 縮めたる《総集編》『おしん』見るなり四月尽

橋田寿賀子さんのご逝去を悼んで、『おしん』のテレビを一挙に見ることができた。やっぱり、彼女のドラマはくどいとか、しつこい作風と思いながら、しかし、尊敬に値する立派な作家であった。

世界中の人々を泣かせたというのも、うそではないであろう。凄い力量の作家であることにまちがいはない。とにかく、とても良いお仕事を遺して、逝ってしまった！

舞台の酒田市は、『玉川百科大辞典』の監修者のおひとり、小倉金之助先生のご郷里なので、よけいに興味深い。日本の和算史、科学史研究の泰斗。

酒田の富裕な回船問屋に生まれた小倉金之助先生は、家業を継ぐべき立場であったが、向学心やみがたく、東京物理学校へ進み、パリ留学を果たし、大阪大学・塩見研究所長となられた。その後、東京女子高等師範学校（お茶の水女子大学）卒の奥さまを亡くされた。

ときの女流文学にも鋭い批評眼をおもちであった。阿佐ヶ谷の豪邸に、乞われて幾度となくうかがった！

「よいときにおいで下さいました。父は朝から心悸亢進でご機嫌が悪く、困っておりました。どうぞどうぞ二階の書斎にお上がりください」と、中央公論社の科学雑誌『自然（NATURE）』誌編集長のご長男の奥さまに歓迎された。

わが長女の多美が生まれると、そのご長男の奥さまを通して、三越百貨店から産着《うぶぎ》をお祝いに頂いた。

楽しい青春の思い出である。

7 小倉金之助先生を小説にせむかコロナ禍に

六十年ほど前にご逝去の小倉金之助先生の和算史・科学史・数学史、そしてエッセイストの業績に対し、昨今こんなに研究の機運が高まっているとは、露《つゆ》知らなかった。何だか冥土のお土産に、私の青春時代を彩って下さった小倉先生のことを思い出すままに書いてみようかしら？　科学史など私の理解にはほど遠い分野のご著書も今は高価なものが多く、とても新書版くらいしか買えない。昔よく頂いたサイン入りのご本も、どこかに紛失状態。だらしない！　でも、こんな不自由な時代にあって、籠《こ》もり居《い》にできることといえば、これくらいしかないいんじゃないかしら？

中村立行《りっこう》氏の日本最初のヌード写真集も、「早稲田大学の孫が還暦のお祝いにくれたんだよ」と笑っていらしたが、なんと中村氏のヌード写真集は、決して興味本位のものにあらず、ヌードをいかに芸術的に撮るかを探求のすえ、世に問うたものらしい。浅薄なことばで、先生を冷やかしたマユミンがばかだったと知った。

さあ、老躯に鞭打って、イチロウさんのパリ音楽院の恩師、九十四歳を数えるベッツィ・ジョラス女史のように、もうひとがんばりしようかしら！

ある日、小倉金之助先生から「加藤さんは、数学は好きかい？」ときかれた私は、「いいえ、先生。理系の学問は、耳にしただけでジンマシンが出るくらい、苦手です」と、お答えしたのも、はるか昔である。

その頃、玉川大学の教養課程では、物理学もその実験を東大の助手の方が指導してくれた。私の教科書は、武居文助という小原先生の成城高校の教え子が書いたものだと言ったら、外国切手の収集マニアのスパン会長で東京工業大学の金属学高木研究室の助手だった平野賢一さんが、旧制静岡高校で同じ教科書だったと、難しい宿題を難なく代わりにやってくれたわ。のち、平野さんはアメリカのマサチューセッツ工科大学に留学して、東北大学の教授（金属材料物性工学）となり、朝日賞をもらっちゃった。

8　篠田桃紅さん百二歳の墨痕《ぼっこん》あたらし残り寒

先日、あのおきれいな篠田桃紅さんが（本名＝篠田満洲子［一九一三〜二〇二一年］、中国大連生まれ、映画監督篠田正浩は従弟）百二歳でお亡くなりになった。

ご生前の貴重な墨書《ぼくしょ》の制作ぶりをFacebookで見た。さすがに、大きな雁皮紙《がんぴし》にいろんな薄い、濃い、もともとの墨色、ちょっと薄い墨のそれ、または薄いピンクを筆に含ませて、一気呵成に、一本の筋を重ねたり、重ねなかったり、気ままに天地に引く。

いや、気ままではない。彼女の制作意欲のすすむがままに、深いお考えのもとに、あの長い一本の筆《ストローク》あとは創作されるのであろう。しかし、数本の大きな雁皮紙に残された筆あとののち、「ふうっ」と大きな息をして、かたわらの椅子にくずれ、座ったかに見えた…。やっぱり、桃紅さんにしても、お疲れがすぐ出るのであろう！

私も、夜半に起きて少しパソコンに〈よしなしごと〉を叩くと、たまらなく疲れが出て、ベッドに横になりたくなるのは同じ。亡夫がしてたように、いま我が家では所々に休憩用の足踏み台か椅子をおいて、一休み場所としている。名古屋市ほら貝の家にも、同じものを数カ所設けていたことを思い出す。

今日、二〇二一年六月一日は、先日の大腸のポリープの再検証のため、順天堂医大病院へ多美の付添いで行く。渋谷ドクターは、「この状態なら、大丈夫です。あと二年後に検査しましょう」と言って下さった。嬉しい。また入院は、さけたい。

自分の呆けを自覚する前に、最後の「俳句エッセイ」第二〇巻に、心置きなくとりかかろう。

9

大鷹参議院議員を泊めし甥あり　地球の果て

私の亡夫・二宮平《たいら》の甥、上野肇《はじめ》は、赴任地リビア国の首都トリポリで、参議院議員だった李香蘭（大鷹淑子さん）を、商社・丸紅飯田《まるべにいいだ》（株）勤務のころ、一週間ほど自宅に泊めたという。現地にホテルもままならぬ頃なれば…。

大鷹参議院議員は美しい女性であったという。マージャン好きで、毎晩おつきあいしたらしい。女優・李香蘭時代からイサム・ノグチの妻、TV司会者、外交官と結婚ののち、政治家への鮮やかな転身であった。

彼、上野肇は、名古屋市の旭丘高校の野球部出身。大阪外語大卒の、爽やかな商社マン。多美や美佐のいとこであったが、メキシコシティのあと、任地トリポリで罹病して帰国後、当地の風土病になやまされ、若くして惜しまれ逝去した。

のちに、『劇団・四季』は、女優・李香蘭の一生をオペレッタに仕立てた。

昨日からイサム・ノグチの作品がFacebookに出たので、映画女優、彫刻家の妻、テレビ司会者から参議院議員、外交官・大鷹淑子へと転身した李香蘭を思い出しながら、九十歳老婆のあたまがふと、活性化したのよ！

しばらくして、黒柳徹子さんの生前の大鷹淑子さんとの対談を見る機会があった。数奇な運命をたどった大鷹さんは、しかし聡明な、すばらしい人であったのを、再認識した。

10 『サヤの手紙』ゆかりの方あり残り夏

私のアパートに、丹波菊井さんとおっしゃる老齢のご婦人がおいでになった。イチロウさんの先輩のお姉さまと耳にしていた。自宅から歩いてゆける駒場の東大教養学部でのイチロウさんのピアノ・リサイタルにも、お誘いした。弟さんは在パリの作曲家で、向こうでご結婚なさっている。

このお姉さまから、『T・S・エリオットの詩と文学』（近代文藝社、二〇〇二年刊）という、すばらしい浩瀚《こうかん》なご労作を頂いた。

東京女子大、立教大・大学院、のちアメリカの大学（カレッジ・オブ・パシフィック）などに留学。一九九三年まで、恵泉女子短大、清泉女子大学の教授でいらした。

「昭和二十六年、母に反抗して家出しました。当時『サヤの手紙　ある留学生のアメリカ便り』（小山書店、一九五一年刊）を読んで触発され、成城に住んでいたクラスメイトと、同じ成城の彼女の家をこっそり見にいったんですよ」と私。

するると、丹波さんが、

「その新田満里子さんなら、よく知っています。あの頃は、ドルが三六〇円もして、留学はたいへんでした。彼女はスクール・ガールをしながらの留学で、同じ大学でしたから、お掃除などでへとへとに疲れて、私の部屋でお眠りなさいと、ねぎらっていました」。

その偶然に、おどろいた。「サヤ」とは、インドネシア語で「わたし」の意味だとか。のち、NHKドラマの『太陽にかける橋』の翻訳に新田満里子さんの名を見たが、もうお亡くなりになったという。奇縁である。

11　『里見八犬伝』さらに発展日脚のぶ

五年前だったかしら。多美が千葉の館山文化ホールで林美智子ソプラノ・コンサートをコーディネートしたので、マユミンも同道した。ピアノ伴奏は秋場敬治《たかひろ》くん。歌姫《ディーバ》の運転。マユミンは完全にうしろにねそべって、ゆったりドライヴ気分。

主宰者の美しい年配の方が下さった名刺に「里見香華」とあった。

「里見八犬伝ゆかりのご家族ですか?」と、マユミン。

そうだった!

私がまだ小学二年生のころ、お向かいの、のちに院展女流画家となったチイちゃん(奥村千鶴さん)の家の離れにいた笠原第一小学校の女教師が、本好きなマユミンに貸してくれたのが『南総里見八犬伝』の布表紙本だった。

あろうことかあるまいことか、その大事な子ども向け『八犬伝』に、なぜか、生まれたばかりの弟、六歳下の赤ちゃん・庸介のうんちがついてしまった。

その本をどう工夫してお返ししたか、記憶にないが。

最近になって、その里見さまから『歴史研究（特集・安房里見一族の謎）』（二〇二〇年九月号）が送られてきた。

拝見すると、素晴らしい内容である。里見香華さまは、ご先祖の里見八犬伝がＮＨＫでは人形劇としてしか発表されていないので、大河ドラマとする運動を長い年月、続けておられる。

そして、前の前の千葉県知事、堂本暁子さんの言。

「二〇〇〇年の暮れ、とつぜん千葉の市民団体から知事選の立候補を要請されました。その時、ふと胸をよぎったのが四〇〇〇年前、倉吉に流され、安房にもどれなかった里見忠義のことです。その思いをつなごうと決心し、二期八年、知事を務めました。全て里見のご先祖の想いであり、天命であったと、今は感じています」（どうもと・あきこ。男女共同参画と災害復興ネットワーク代表。元参議院議員。ジャーナリスト）

12

『墓守』のしわの深さや龍の玉

二十年も前のこと。テレビの〈なんでも鑑定団〉を見ていたら、植物学者で元東大教授の松村任三氏をモデルにした朝倉文夫制作の胸像が出品された。

東京・谷中の朝倉先生のお宅には、なんどもうかがった。

何しろお座敷の真ん中に池があって、大きな鯉がゆうゆうと泳いでいるという、広壮なお屋敷である。

初めは「日本の教育に望むもの」という原稿をお願いする学生記者であったが、いろいろお話が長くなって、おもしろいことも教えていただいた。

当時の新進写真家のアルバムや古梅を描いた色紙も頂戴したのに、見つからない。

愉快だったのは、「君たち若い娘は、おへそをオリーブ油できれいにしなさい。モデルにも教えるんだが、覿面《てきめん》です」とのこと。おもしろい！

忘れがたい、朝倉せんせいである。

13

根津美術館の竹林うつくし梅雨しとど

根津美術館の竹林の美しさを、あのマツコと有吉がテレビで語っている。

「あそこにタケノコがはえるんだよね」

「えっ、採っていいの？」

「だめだめ！」

あの根津美術館の美しい竹林が目立つ全観をだれがデザインしたか、マユミンは知っているのだ。

いまハンブルクに住んでいるドイツ人で、お会いしたこともある。それも、あの憧れのバイロイト生まれで、イチロウさんと多美がワーグナー好きのことを知って、ただちに郷里のバイロイト祝祭劇場へご招待くださったペーター・シュミットさん。

ふたりは、あのメルケル首相も相宿のひと夏、幸せなリヒャルト・ワーグナー漬けを経験したという。ケントNAGANOさんのご紹介である。

14 細川前総理と園芸家の寺島実郎氏の対話よし

細川護熙《もりひろ》（一九三八〜）第七十九代総理の文化的な、豊穣なものの見方は、ちょっと見なおしてもいいかもしれない。

細川氏は、今日までの日本国の発展は、均衡のある平和憲法のおかげなり、という。そして、いまの内閣は、旧態を脱することなく、旧い考えの二、三人の政治家の言うがままに政治が動いている。そして、こんなに多く法律をつくる必要があるか？

細川氏「コロナ禍で何千人死んだ事実よりも、今の若者が生きる目的を失って、何万人も自殺する事実のほうが、今の日本がかかえている大きな問題である」と言う。

一二三万二千世帯のシングル・マザー家庭があることのほうが大きな問題である、とも。

もしかしたら、首相になった祝いの席で、乾杯にシャンペン・グラスを掲げたこの首相の時代のほうが、今の無策の人よりも巧くいっていたかもしれない。

細川幽斎の末裔に政治家の才能があったかどうか疑問だが、でも、育ちのよい政治家にはそれなりの豊かな環境に育まれた長所があったかもしれない。

政治おんちの卆寿まじか、ばあばのたわごとである。

15

奇遇の春 ヴァイオリニストのSACHIKAさん

多美の出た幼稚園には、めずらしい秀でたお子さんが集まっていたらしい。

愛知県愛知郡有松町の私立鳴海ヶ丘幼稚園である。多美が在園中にたまたまここに講演にいらした生活綴り方実践の野村芳兵衛先生は、マユミンが美濃の片田舎、笠原第一小学校のとき、「つづりかたは、あった事実を自然に書きなさい」と、二年生で教わった方であった。

鳴海ヶ丘幼稚園は、園長がむかしの岐阜師範学校を吸収した岐阜大学の出身。そして、水野佐知香さんのような素晴らしいヴァイオリニストを生んだのも、この幼稚園。

箱根エクシブのレストランで、水野佐知香さんご夫妻と遭遇。つまらないわが新著を贈ったら、おいしい〈生しらす〉を送って下さった。なんと、いまのマユミンの寓居に、水野さんはイチロウさんのピアノ伴奏あわせに来たことがあるらしい。

不思議な巡り合わせに驚いている。

16
鳥山玲画伯より出色のご画業とどく忝《かたじけ》な

過日のイチロウさん東京藝術大学退任コンサートで、お目にかかれるかしらと案じていた。

わざわざ二度にわたって、脚の悪い私の席までお越し下さった。お届けしておいたお恥ずかしい拙著（『追想のロンド』）へのお言葉。

「生き生きとした内容と臨場感と今までになかった読書体験は、書くことについてのさまざまな可能性を促してくれました。とても大切なことと…」

なんと謙虚な、誠実なお人柄であろう。画業のことはさぞ高い評価を得ておられるであろうに。

深い理解力のない私がおはずかしい。偏頗《へんぱ》な知識しかなく、自分の中のいびつな感情も抑制できないのが、おはずかしい。ありがとうございます。もう遅きに失していますが、いじけたわが身を改めようと思います。まゆみ拝。

17

役所広司さんの素直な一面 百合の花

イチロウさんが二〇一二年に、紫綬褒章をいただいた。

ちょうどパリのIRCAMで、クロード・ドゥラングルさんに作曲した《「息の道」～サキソフォンとエレクトロニクスのための》の世界初演のリハーサル中だった。

急遽、式典には多美が代理で出席ということになり、パリより帰国。

当日、受賞するお隣りの席は、俳優の役所広司さんだった。

「僕、何も知らなくてアスコット・タイをつけてきてしまいましたが…」

多美「大丈夫ですよ。あなたはりっぱな俳優さんなんだから、背筋をのばしていればば」

「それに…、皆さん白手袋を持っていらっしゃいますが、僕、忘れてきました」

多美「大丈夫ですよ。あなたはりっぱな俳優さんなんだから、毅然としていらっしゃれば」

さすが私の娘だけあるわ。それでいいのよ。アッハッハ！

かくて、式典は滞りなく終えたという。奥様も元女優さんなので、綺麗な方であったという。役所さんは、いつ見てもいやみのない演技で、大好きである。

18

『肝臓先生』はケイチンのお父上なり　水温む

昭和二十六年に玉川大学のりんどう塾に入った。そこには同じ年に中等部新入生として、伊東市の天城《あまぎ》診療所長のドクター、佐藤清一さまのお嬢さんの、ケイチンがいた。

戦時中、安全な静岡県の伊東の温泉街《まち》には『人生劇場』の尾崎士郎など、疎開の人々が多く、その中のひとりが坂口安吾であった。

ケイチンこと、佐藤（藤島）けい子は素直な子であったが、ちょい悪連中に無理矢理、仲間入りさせられていたふしもある。

たとえば、塾のクリスマス会の演しものに、「♬グローリ・グローリー・ハレル〜ヤ〜」の替え歌で、「♬三瓶チャンのあたまが風邪ひいた〜」と歌って、塾主任のサンべにひどく怒られたわ。あんなに怒って、大人げない。

なぜか、東美濃のマユミンの生家に坂口安吾の『青鬼の褌《ふんどし》を洗う女』が古びた姿で物置に放置されていた。その頃、私も伊東の天城診療所に泊めて頂いたことがある。

『肝臓先生』のいわれは、フランスではヤブ医者が患者の病名に困ったとき、適当に「ああ、肝臓ですね」と言っとけばよいなんて噂があったが、この佐藤清一ドクターはれっきとした三高・東北大学医学部出身のベテラン医師であった。のちには、坂口安吾の小説と、佐藤医師のいくたの功績をたたえて、立派な銅像がケイチンの家の天城診療所の玄関を飾った。最近、伊東市役所の前に移してもらったという。

坂口安吾のヒロポンの過飲などで、有名な伊東競輪場での判定誤認事件が起こったのは、このあとである。

19

秩父なる兜太の片鱗を見に　鮎躍る

女だてらに金子兜太《とうた》さんのような豪快な俳句が詠めたら、なんてマユミンは思っていた。その兜太さんが昨年、逝かれた。

角川書店刊行の『俳句』七月号に、高野ムツオ

　　金子兜太柩に一大隆起なす

が載った。

わが意を得たり、である。

尊敬していた兜太さんのご遺体までが現実的で、さもありなんと思ってしまう。お痩せになった兜太さんなんか、見たくないのだ。

朝日新聞俳句欄の選者の兜太さんと稲畑汀子氏と、しばしば選句のうえで大論争あり

きというのも、とてもおもしろい。

来る五月末に、徳丸吉彦先生ご夫妻と、親友佳代さんのご案内で秩父の鮎の解禁にご一緒できるらしい。とっても嬉しい！

実は大切な目的あってのことなのだが。

金子兜太さんのすばらしい俳句「曼珠沙華どれも腹出し秩父の子」の初めて行く秩父を、しっかりこの目で見てこよう。

八十七媼《おうな》の大きな楽しみである。

20

逝く秋に（早逝の）藤木孝を悼みけり

『週刊新潮』十月二十二日号の片山杜秀《もりひで》さんの巻頭言「夏裘冬扇《かきゅうとうせん》」で、かつてあんまり可愛かったのでわれわれ上級生が〈坊や〉と呼んでいた藤木孝さんのことを詳しく書いて下さって、感激した。

数日前に早逝の報におどろく。藤木くんは、玉川学園小学部生の頃から親しかった。本名は、遠藤与士彦くん。

私が大学生になって入った女子塾りんどう塾の玄関で「おねえちゃ〜ん。お小づかいちょうだ〜い！」と、可愛いボーイ・ソプラノで中等部の姉の遠藤逸子ちゃんを呼ぶのも、かわいかった。

彼は片山杜秀さんのお母様と同年で、福田恆存《つねあり》氏ら主宰の新劇の舞台で『リチャード三世』などを演じたという。知らなかった。

「逸子ちゃん。こんどの帝劇公演はひとりの楽屋をもらったから、見に来てね、というのよ」

二つ違いの姉の逸子ちゃんの弁を、私、まゆみん親分が募った四国地方旅行の、エクシブのプチ同窓会で耳にした。その彼が、逝ってしまった！

この姉弟は、宇津宮の駅までよその土地を踏まないでも行ける豊かな家に生まれ、すてきなワセダのボート部出身、オリンピックにも出たお父様と、女子美出身の奇麗なお母様が、いちど塾へいらしたことがあった。

最後にテレビで彼を見たのは、テレビ朝日の番組『やすらぎの里』の老いたわがままシャンソン歌手の付き人役だった。自裁とも…。どうぞ、安らかにお眠り下さい。合掌！

21

井上（芳雄さんは知らねども）孝雄さんなら知っている

朝ドラのまま、なんとなくチャンネルを変えずに見ていたら、ミュージカル界の、いまプリンスと呼ばれている井上芳雄さんが、ゲストで歌った。

むかし玉川学園で一回だけ、まさにミス・キャストと思われる日本青年館の舞台に出して頂いた。文学座アトリエ公演でやったソーントン・ワイルダー作（鳴海四郎訳）『長いクリスマス・ディナー』である。

「南美江さんのお芝居、みごとだったな〜」という岡田陽《あきら》先生の一言で、思わず承諾。芳雄さんならぬ、井上孝雄さんとご一緒したのもお恥ずかしい。

故・井上孝雄さんの登場も、めざましかった。

なんでも、舞台稽古の初日、主役に科白《せりふ》が入ってなくて、怒った菊田一夫氏だったかが、そこにいた井上君を指名し『蒼き狼』（若きジンギスカン）の役に抜擢したというサクセス・ストーリーを、結婚後、名古屋で耳にした。

玉川学園時代のあの頃は、体験する何もかもが楽しかった！

いまでも、演劇部の集まりには老婆マユミンにお声をかけてくれるのだ。

22 マリア・カラス信者・河合秀朋《ひでとも》くんや五月尽

玉川大学出版部にアルバイト生として顔を出していた河合秀朋くんは、宇都宮のゆたかな時計屋さんのご子息で、のちに成城のわが学生アパートの住人となった。ときどき「マリア・カラスのレコードが入ったから、聴くかい？」と、宇都宮なまりで私を誘った。

玉川大学卒業後は、キングレコードに入社。マユミンはすでに名古屋で長女の多美の母親になっていた。

河合くんは、キング・レコードから出ている童謡のレコードを多美のためにたびたび贈ってくれた。ＮＨＫラジオのクラシック音楽の解説者にもなって、あいかわらずの宇都宮なまりで放送した。音楽之友社から、オペラの本も出版した。

多美がパリ国立高等音楽院をマルセル・ビッチュ教授や、セルジュ・ニグ教授から教えを受けて帰国。国立《くにたち》音大からお茶の水女子大の講師になって、やっと河合くんに引き合わせようと思った頃、お医者嫌いの彼は、重篤な肺炎であっけなく亡くなってしまった。独身のまま、膨大なレコードの山をのこして。

今夜は、一九五八年、亡くなる数年前のマリア・カラスのオペラ《ノルマ》の、彼女の深いうた声を聴いていると、「スープつくったけど、飲むかい？」と、お部屋はきたなくて招かれても困ったけれど、一生不遇な運命にあやつられたマリア・カラスに迷わず一生を捧げた河合ひでともくん、しみじみいい男だったなあ、と懐かしい。

23
早逝の岡江久美子に紅き薔薇

パソコンに〈サワコの朝〉の動画が見つかった。

あのコロナ禍にいちはやくに冒された犠牲者の岡江久美子をもう一度見たかった！

小気味よい性格である。母親が保険の外交員であることも、鍵っ子であったことも、何ら隠し立てしない。こういうさっぱりした性格の人とは、友人になりたいもの。

あのテレビの朝の番組の司会を、なんと十七年間もつとめたという。

〈サワコの朝〉で、お定まりの希望曲を聞かれて、チャイコフスキーのバレエ曲《花のワルツ》を所望した。

「新宿の小谷楽器へ母と買いにゆきました」そうである。

小谷楽器店は、玉川大学で一年下の、よく知っているお嬢さんの父上のお店である。

こんど東京オリンピックで女性アスリートの役員となった小谷実可子さんも、ご一族。

岡江さんといい、志村けんさんといい、惜しい人を失った。

24

新開地こそ神戸の誇りてふ　母の青春
聚楽館《しゅうらっかん》

彼女は、なんでも神戸を一番《トップ》にしたかった！
お洒落は芦屋のお嬢さんたちが一番で、大阪道頓堀のあたりはダサイ！
田谷力三のオペレッタは、まず〈しゅうらっかん〉の舞台でみたわ。
…などなど。
大阪の人は異論があるに違いないけれど。
「♬　恋は優《やあ》さあし〜」
「♬　歌はトチチリチン。ベアトーリ姉ちゃん、まだお寝《ね》んねかい」
チャップリンがはじめて着いたのも、神戸港。
《蚤の唄》をシャリアピンが歌ったのも、しゅうらっかん。
ミッシャ・エルマンのヴァイオリンも、聚楽館よ！
アハハ・ハ・ハ！

25 秩父・長瀞《ながとろ》・ライン下りてふ名のおもしろし

東海地方、東美濃生まれのマユミンは、この頃よく幼い頃のことが頭に浮かぶ。どちらかと言えば、いったん家を出るとムクムクといつもの悪いクセの旅行好き癖が身をもたげる、我が父、和夫のことを思い出す。

子どもをなさなかった実の伯母「おしゅうほん」に、幼くして本家から養子縁組をされて大事に育てられ、なんの苦労もなく成長をとげた和夫はのち、代吉を襲名した。長じて恵まれた環境のまま大人となって、名古屋ＣＡ商業学校から早稲田大学も何年か余分にとどまって（笑）、家庭ももった。

月末のある日のこと、いつものように神戸の貿易商社へ輸出陶磁器の代金を受け取りに行った父は、逼迫したわが任務もスッカリ念頭から離れ、「いま、北海道の知床岬にいます。壮大な景色に感動です」などと、おっとりとのんきな葉書が届いて、笠原のカネ大の帳場では大騒動！

その頃、得意先のひとつに〈マーチャンダイス商会〉という嘘みたいな名の会社があって、「マーチャンから問い合わせがあって喃《のう》」などと番頭さんが言うと「マーちゃんなんて、私のこと、呼びゃあすな」と幼マユミン、勘違いするのだった。

笠原の家業は、ちっぽけな輸出陶磁器製造業ながら、月末には数十人近い従業員の給料や取引のある原料商の番頭やらが待ちかまえているのだ。そんなのんびりした状況にはない。現在のように銀行や郵便局からの瞬時の送金振り込みもままならず、商品の代金はいちいち現地におもむいて受け取っていた。

閑話休題《それはさておき》。

秩父の荒川の長瀞が〈ライン下り〉をいうならば、東海地方の犬山市あたりの〈日本ライン下り〉の方が早い命名かもしれない。ここの木曽川下りも、当時、岡崎市出身の地理学者、志賀重昂《しげたか》が名付けた、かのドイツの著名な憧れの河に模した〈日本ライン下り〉なのである。どっちが先でもいいけれど。

26 長瀞より『茶目子《ちゃめこ》の一日』届く秋

秩父の寄居町《よりいまち》、枕流荘《ちんりゅうそう》京亭に徳丸吉彦先生ご夫妻と、親友・佳代さまのご案内で伺ったことがある。作曲家の佐々紅華《さっさ》氏の姪御さんとご主人のいとなむ枕流荘・京亭にうかがって、荒川源流の清らかな凛気《りんき》を全身にいただき、ちょうど時を得た若鮎の釜飯をおいしく頂戴した。

奥さまはこの秩父の寄居から、なんと、あの西村伊作氏の進歩的で幅の広い〈文化学院〉へ通学なさったという。

知人の伊佐妙子さんは、玉川学園の住人だった狐狸庵《こりあん》センセイこと遠藤周作さんが文化学院の講師であった頃、遠藤周作さん演出でお芝居をやったというので、いつも私とも話が弾《はず》んだ。

しばらくして、枕流荘京亭のご主人より大きな印刷物が寓居に届いた。

私が懐かしい歌と話題にした『茶目子の一日』の貴重なA４判の楽譜であった！　この歌も、佐々紅華氏の作曲であった。まるでオペレッタのように作ってある。昭和初期の進歩的・知的家庭のむすめ茶目子が、いきいきと描かれている。

「今日のおつけは何かしら？」なんて部分、とっても好きである。

私の宝物が、またふえた。

27　鬼才・中村正義の絵を見る嬉しさ睦月尽（開運・なんでも鑑定団）

何だか、ふしぎな昨日今日《きのうきょう》である。

昨日、俊才・女流画家の鳥山玲さんからお便りが届いた。お恥ずかしいわがエッセイに、過分のお褒めの言葉と共に、素晴らしい『鳥山玲自薦集』の分厚い画録を贈って下さった。

ふしぎなご縁が出来たと思っていたら、またまた何となくいつも日曜日に見るテレビ番組「開運・なんでも鑑定団」でのこと。茨城県行方《なめかた》市の四百年ほど歴史ある旧家に生まれ、おもちゃ屋さんをやっていた方が、「あまり知識も先入観もなく、買った絵ですが…」と披露したのが、なんと私の大好きな愛知県豊橋出身の孤高の天才、中村正義《まさよし》画伯の作品ではないか。

多治見高女で仲の良かった下級生ノッポ（野田伊久枝、旧姓・林）の父上（林伊兵衛）

は、岐阜県可児郡平牧村のお酒「富興《とみこし》」の醸造家で、長く村長をつとめていた。伊兵衛さんは、病弱で商業学校も中退の中村正義さんの才能を早くから認めて、応援していらした。なかでも凄いと思ったのは、京都の舞妓さんの絵。それも大胆な構図で、裸体の正面向きの舞妓さんなのだ。大きさは何と、座敷ふすま大の大きさだった。かつて彼、中村正義の作風は、中村岳陵《がくりょう》の再来とまで言われた。

中村正義のつつましい画室は、名古屋郊外の八事《やごと》から、のち東京へ進出（川崎市麻生区細山七丁目二〜八）。小田急・新百合丘駅からタクシーの距離のところに、結核で早逝なさるまで、住んでいらした。その後《あと》をささやかな美術館とした。この頃はもう、画風がすっかり変わって、「顔、顔、かお、かお！」と、岩《いわ》絵の具で書きちらした画風に変わっていた。

名古屋の団地住まいの頃の友人、ケイオーの「パレットくらぶ」の今井さんを誘って、多美も一緒にたずねたことがある。か細い優しい奥さまは、名古屋時代のこともよく覚えていて下さった。

今日、出た絵は、力強い赤絵の具でぐいぐい描いた見事な「薔薇の図」であった！二百万円だかの高値がついた！　よかった！

28　もう一つ不思議な出会ひパリ・ルーヴル（美術館）

二〇一九年十一月二十三日、今日はイチロウさんが、群馬県の高崎であの懐かしのアルディッティ弦楽四重楽団の演奏会に急遽ピアニストの代演をすることになった。クセナキス作曲《アケア》など、自分の曲をふくめたコンサートのピアノを弾く。マチネで！

私は、やはりアルディッティ弦楽四重奏団の方々と二十五年前にフランス北部のルーアンで、イチロウさん主宰の第一次〈東京シンフォニエッタ〉の演奏旅行に同行した。フルートの佐久間由美子ちゃんが、権代《ごんだい》敦彦くんの新曲を弾いたので、彼も来ていた！譜めくり役は、控え目で素敵な藝大大学院生の愛ちゃん。

パリから帰国という前に五時間ほど、暇ができた。

「お母さん、ルーヴル美術館へ行かない？」

「行く行く」

するとと身軽な親娘がルーヴル美術館で、なんと昔の多治見高女の同級生で、お兄様ご夫婦とごいっしょの太田美恵子さんにバッタリ出会ったのだ。

「お母さん、ほら、あそこに名古屋の八事《やごと》の太田さんのおばさまが」

「えっ？　まさか！　どうして？」

名古屋郊外の八事山に住む〈美濃窯業〉の社長のお嬢さんで、絵のとっても上手だった太田美恵子さんに遭遇したのだ！　何たる奇遇。

のち、同級生のコイちゃん（小池さん）曰く。「まあちゃん達の行動は、さながら地球規模やのう。ルーヴル美術館で、岐阜県多治見高女の同級生に出会うなんて！　私なんか、せいぜい名古屋の松坂屋で出会って、お昼を共にするだけくらいやもん」だそうである。

そして、もう今、あの美恵子さんはいない！

29

奇《く》しきご縁ミーナさんちと群栄化学

ホッピー・ビバレッジの会長、あの石渡光一さまとは、ご生前一回だけ、近くのお寿司屋さんにお招きがあり、お会いした。いま思えば、何たる唯一のたっといチャンスであったことか。

そののち、会長さま一周忌のお集まりで、すぐ前の席にいらした親子の方が、たまま群馬の高崎の、ホッピー製造には欠かせない大きな醸造器の製造会社の社長ご父子とわかった。ホッピーの大切な容器、ポット・スチールの製造会社、三宅製作所の社長さんとご子息で、のちに真鍮《しんちゅう》製のお手づくりの立派な活け花の容器をお届けくださった。うれしかった。

マユミンが、「高崎の群栄化学という会社は、亡夫の会社と取引があり、とても懇意にしておりました」と申し上げた。

すると、「群栄化学の有田社長は、同じ工業団地でも早くからわれわれが兄事している立派なかたです」とのこと。

十一年前に亡くなった愛知県瀬戸市の深川神社二十七代目の、我が夫の二宮平大人命《うしのみこと》と、ミーナさんのお父様が、なんだか不思議な力でつなげて下さったみたい！

ホノルルにいる次女の美佐は我が家でゴルフがいちばん巧いので、群栄化学の有田喜一社長とゴルフの記憶がはっきりあると思う。下手っピーのマユミンも参加した。嬉しいご縁である。最近、もうご子息が立派に群栄化学社長を継いでおられる。

父上の有田会長さまから、わが寓居にガトーフェスタ・ハラダの美味しいラスクが届いた。

30

『わさおが還ってきた！』その迫真のわざいと尊し

五月二日二十三時半。

夕方、なんか眠くてベッドに倒れ込んだのは、かすかに覚えている。目覚めたら、夜中の十二時前。おとといから、テレビのリモコンが見あたらない。こんな小さなわが家の空間のなかで、どこを探してもないのだ！

夕方十八時ころからなんと、五時間も眠り込んだらしい。そして、リモコンをふとした予想外の場所にて発見。なんと、机の引き出しに。

まず、NHKをつけたら、あの〈情熱大陸〉の、感動的な女性彫刻家に出会った。凄い人がいるもんだ。まだお若いのに。名前なんか、どうだっていい。こんな人生に遭遇すると、私の八十九年なんか、何をしてきたのであろうか。

彫刻家で思い浮かぶのは、あの上野の杜にふさわしい朝倉文夫先生しか知らない。私が家出し、過分な忖度《そんたく》にて玉川大学の門をくぐり、小原先生の大きな包容力のおかげでのびのびと出版部のアルバイトをしながら学生生活を送った。

『玉川大百科辞典』の監修者のおひとりであった朝倉文夫先生。上野の豪壮な邸宅で、お座敷のまわりが池になっていて、錦鯉がたくさん泳いでいるのである。

ちょうど作品の制作中で、じつにふさわしい老いたる老爺を粘土で造形なさるのを、傍で見せていただいた。

十九歳頃なので、ちょうど七十年前になる。このときの感動と、全く同じ何かを感じて、こみ上げるものがあった。テレビの女性は名前も知らない、若い女性である。その女性が立ち向かって彫るのは、巨大な木の塊《かたまり》である。これに、二十代のかぼそい女性が、惜しみてもあまりある〈愛犬わさお〉の魂と生前の姿を映《うつ》そうという大事業なのだ。

感動で、老婆は眼がはっきり醒めた。

ここ二～三日、失《う》せ物が次々と姿をあらわす。老化現象の第二次にさしかかったのであろうか。だったら、もっと早く最後の仕事を急がねば。

31

詩仙堂　わがタケちゃんの祖母の家

日本の優れた数学者となった橋本義武《よしたけ》くんのお母様とは、良き隣人である。父上は千葉大から名古屋大卒のドクター。鳴子団地の知人経営の幼児クラスから、うちの美佐や竹下景子ちゃんの弟ヨシくんともお誕生会に呼んだり呼ばれたり。

おばあさまは、詩仙堂に生まれて、なぜか同志社高女へ俥《くるま》で通学。お弁当のオカズは質素なお揚《あ》げさん。夜、門を閉《し》めるときの灯りは龕灯《がんどう》なりしと。

タケちゃんは、東海学園から東大理一。タケちゃんの妹伸子に、ダアダンことマユミン、あの頃はやっていた「電線音頭」を教え、駒場東邦高校からお茶の水女子大物理科大学院を出したわ。私のせいじゃないけれど…。いまや、ＪＲ東海の高給取りなり、いとおかし！

32
『泣いた赤鬼』のデュエット流れ秋深む

かつての玉川学園演劇部少年少女八十名余　ここに集ふ。
「純子せんせい、お元気で何より」の集ひなり。
岡田陽せんせいの遺影はほほえみ白き薔薇。
劇中歌のテンパ作曲のピアノは流る、なつかしく。
司会の水藻満くん、〈電通〉はっぴーリタイアー。
「仕事で欠席すみません」と、祝電はあの下条アトム。
父上そっくりの森繁くん（建）、あご髭はやして。
小野武彦くんとの『泣いた赤鬼』のデュエット見事なり。
とても八十歳ちかしとは思えぬ清らかな歌声で（往時は可憐だった）。
あの懐かしい礼拝堂の舞台にて。
岡田陽せんせいの鋭い叱咤の声。

みんな礼拝堂の裏に隠れて泣いたことも…。

純子せんせいの創作ダンスと学校劇のみごとなコラボ。

『すずらんの鐘』の稲垣美穂子　彫りの深い美人なり。いまだ変わらず。

鬼軍曹コンバットの声のタノブくん。逝きしてふ。

井上孝雄今は亡く、森繁泉もまた。

サプライズ出演は、純子せんせいのお弟子さんで、榎本瓔子さん。

金扇銀扇をたくみに使い、たおやかな日本舞踊。

純子せんせいのご長寿を祝い納めた。やんやの喝采！

ニューヨークより翔んで来たナカムラ忠彦くん、きょうはまともなスーツ着て。

彼、照明担当の名人にして、いたずら名人の名も馳せし。

礼拝堂の天井裏から胡椒を撒く。聴衆のなぜか、ハクションおお騒動！

「♬あしたという日は楽しいな、明日に明日が続いてる…」（劇中歌「四つ辻のピッポ」より）

「小さい花はこべの花、お母さんの花。きよ〜らにそっと咲いて、いつも私を　見てる花…」エトセトラ。

♬ 空高く野路は遥けし、この丘に我らは集い…、
校歌は荘重に深む秋空に流る。
すばらしきかなこの秋のひと日。

PART 3

カデンツァはさりげなく

1　（神田）伯山の『徂徠豆腐』や梅雨の入り

江戸時代中期の儒学者、荻生徂徠《おぎゅうそらい》である。神田伯山の語り口が巧い！

若いころの貧しい江戸時代の儒学者、荻生徂徠は、ほかに食べる物を買う余裕がなく、毎夕、家の前を通る豆腐屋を呼び止めては「豆腐二丁おくれ。あっ、今は大きな金しかないから、明日はらう」「あっ、豆腐屋。二丁豆腐をおくれ。今日もまた大きな金しかないから」とばかり、毎晩、二丁のお豆腐で空腹をまぎらわせていた。


　禍福はあざなえる縄のごとし　（史記南越伝）

この実直な豆腐屋、もらい火で家が焼失し、家業を続けることができなくなったという。

一方の徂徠にはようやく時機到来。貧乏学者にもいよいよ仕官の好機がめぐってきた。

この日から、豆腐の代金が払えるようになって、徂徠はそれまでの豆腐屋の寛容な心根にいたく感じ入り、家業の存続にいくばくかの力を貸したという。『徂徠豆腐』の謂《い》いである。

私の生家は輸出陶磁器製造業であった。

第二次大戦で、戦時の必要に迫られ、名古屋の旭鉄工所が疎開してきた。旋盤やいろんな工具を操作する学徒動員の旧制・工業学校生が名古屋から家をはなれ、笠原町のわが工場へたくさん来ていた。

彼らは与えられた食事だけではさぞ足りなかったであろう。笠原に二軒あったお豆腐屋さんが、まだ辛うじて原料の大豆の配給があると、ときどき販売した。彼らは、競ってそのお豆腐を買いに走ったのを、私は知っている。

2　『歴史探訪』いとおもしろし梅雨初め

二〇二一年五月二十一日（金）、そろそろ寝ようかと思った夜半一時すぎのこと。消し忘れたテレビで何かやってる。桶狭間・長篠の戦いに関して、興味ある新事実が出てきたらしい。あの信長・家康連合軍と武田軍の決戦場、桶狭間は、わがマユミン第二の故郷である名古屋市緑区の〈おけはざま〉なのである。

恥ずかしながら、実は多美と美佐が東京の国立《くにたち》音大付属高校から大学へあがったころ、桶狭間小学校のＰＴＡから申し入れがあった。二人の娘を東京の音楽大学に入れた母親の体験談をと、所望された。

とんでもない。大して誇るに足る事業をなしとげたわけでもなく、ごくごく当たり前に母親の好みでコースを決めたまでのこと。娘たちには、至極迷惑だったに違いない。「ごく普通のなりゆきですから」と、勿論お断りした。

しかし、なんだかたび重なる要望があって、とうとうつまらぬおしゃべりをしたことがあった。お恥ずかしい。

考えてみれば、私の五十年来、住み暮らした鳴海潟《なるみがた》のあった地区は、一五六〇年、信長塀の残る熱田神宮で結束した織田信長の軍勢が、そのころまだ海辺であった南区の鯛《たい》取通《とりどおり》を経て古鳴海《こなるみ》の片坂を登り、国道一号線をよぎってまず、桶狭間へ向かった。二万五千の今川義元をわずか千の軍勢を味方に討ち破った快挙であった。

〈桶狭間の合戦〉という歴史的な土地に縁あって、マユミン五十年余の人生を過ごしてきたのも愉快である。この桶狭間地区は、絞り染めの旧東海道、有松町を経て、国道一号線をはさんで南側の聚落なので、われわれの住処とは距離があるため、あまり行き来もないのである。

『歴史探訪』を見ながら、つい三十三年のあいだ、心ならずも昔の民生・児童委員から総務（委員長）をやらされて、全国会議に東京・永田町の都市会館（都市センター・演劇もやる劇場あり）に泊まって、書記をさせられた。

三十三年を経て、加齢がすすんだ夫から、「家の中の福祉にもどってくれないか」と言われ、よい潮どきと、そうしたことを思い出した。

3

若き日の家康像や冬立ちぬ

名古屋に帰っていたら、土地のニュースで、「五万石でも岡崎さまは、城の下まで舟がつく」の松平家康の二十五歳当時の勇姿を、岡崎城に新しく建立する計画が実を結んだという。

私の「俳句エッセイ」九冊めの『ヴォージュ広場の騎馬像』（中日出版社、二〇〇九年刊）の表紙は、私が描いた稚拙なルイ十三世の騎馬像のあるヴォージュ広場である。まだホノルルのプナホウ学園小学部生のサンドラと、競って描いた。

今度できた家康騎馬像は、京都・知恩院にある家康二十五歳の肖像画を参考にしたという。家康騎馬像とルイ十三世騎馬像とは、対比してみればおもしろい。

パリで私と孫サンドラの写生中に、アラブ系の少年が私のスケッチを何度ものぞくので、いささか困ったわ。下手っピーなので。

「若き日の家康像」の制作は、神戸《かんべ》峰男氏という。不遇の時代ながら、なかなか若い頃の心に秘めた野望を思わせる、勇ましい騎馬像に仕上がっている。

岡崎市長は言う。

「いままでの徳川家康は、不遇な青年時代を思わせる家康で、その評判も芳しくなかったが、この若き家康像に托して、新しく幕府をつくり、遺憾なく彼の実力を発揮した長期政権の、新しい徳川家康像を世に問うて、彼の力量をアピールしてゆきたい」そうである。

4 『氷川清話』のひと思ひけり初詣《はつまうで》

あれから十年もたった二〇一一年の旧臘《きゆうろう》二十日に、東京文化会館小ホールで催された〈野平一郎ピアノ・リサイタル〉のため上京して、お正月の四日まで赤坂の一郎と多美の新居に滞在した。

ここの氏神は赤坂氷川神社という。祭神は素戔嗚尊《すさのおのみこと》と奇稲田姫命《くしいなだひめのみこと》、天暦五年（九六二）奉祀された。享保十五年（一七三〇）、幕府第三代将軍徳川吉宗《よしむね》の命により現在地に遷宮したという。東京都の有形文化財。

娘と初詣でに出かけた。なかなか荘厳なお社《やしろ》である。かの忠臣蔵の切腹したお殿様の浅野長矩《ながのり》の夫人、瑶泉院《ようぜんいん》の実家跡という。拝殿のうしろの庭園もよく手入れがゆきとどいて、長い石段を下りるのはひと苦労であるが、東京でもテレビ局やら美術館、音楽ホールがほとんど集中するこの界隈では、得がたい広さをもつ神域である。

かるい散歩のつもりが、参拝の人の長い行列にびっくり。それでは、と昇殿して神官のご祈禱をお願いした。待合の部屋に白人の男性がひとり居る。聞けば彼は「十年前、この神社で日本女性と結婚式をあげた。今年は厄年なので、お祓いをしていただく」という。そんな人もいるらしい。

昇殿の祝詞《のりと》ほんのり神酒《みき》の酔ひ
破魔矢《はまや》手に氷川坂をば降りけり
海舟の旧居まえ過ぐ初詣《はつまうで》
『氷川清話』のひと思ひけり初詣《はつまうで》

5　マユミン（としたことが）『ドラゴン桜』見のがせり

あれほど健康にも夕食の時間にも気をつけて『ドラゴン桜』完結編を期待していたマユミン、なんと直前に睡魔に負けて眠ってしまったらしい。これ、明らかに人様並みの〈呆《ぼ》け症状〉かしら。ここ数日は、夜中のお手洗いのたびにそのまま朝方までパソコンに向かってもいた。その若者なみの無理がここに来たのかしら？

いやいや、みずからを反省するに、『ドラゴン桜』はＴＢＳで、『コタローは一人暮らし』はテレ朝なので、老女はそこのところを解っていなかったのが敗因であろう。

まあ、いいや。〈孝女しら菊〉がきっとぬかりなく録《と》っておいてくれたでしょうから！

あの『コタローくんは一人暮らし』が終っちゃった！

なんとかアパートに住むキャバクラ嬢の○○ちゃんは、ヒモの○○にだまされているが、たまに作ったお菓子をコタローにくれる。ひとつ気になるのはコタローの使う「わらわ」じゃや。「それがし」「拙者」では、何がいけないか。始めの部分を見ていないので。マンガ流行《ばやり》に否定的なマユミンであったけれど、このコタローの物語の展開だけには参った。

茶髪の若い漫画家も、アパートのおやじさんも、幼稚園のしんまい先生も、みんないい人なんだ。

久しぶりに、気持ちのいいマンガ映画に出逢った。

6　アチャコとおちょやんの『お父さんはお人好し』始まる春

戦後、一世を風靡《ふうび》したNHK・ラジオ大阪の『お父さんはお人好し』が、NHK朝ドラの劇中でいよいよスタートするらしい。花菱《はなびし》アチャコが、相手役にどうしても浪花《なにわ》千栄子でないと、このドラマは駄目だと言う。

その昔、エンタツ＆アチャコの漫才コンビの頃は、横山エンタツが大学出の漫才師というので人気があった。六大学リーグ戦の題材で、客席をわかした

その後、私が玉川大学をやっとこさ卒業して、りんどう塾を出て、受難続きの下宿生活の最後は、成城学園前であったので、成城の駅から小田急電車で玉川大学出版局・編集部へ通った。

柿生《かきお》の駅で、ときどき「皆さん、おはようさんでござります」と、いつも通り実直な挨拶をして乗る、お弟子をお伴につれたアチャコさんに出会うことがあった。大船の撮影所へ仕事にゆくらしい。柿生にはアチャコのいいひとがいるらしいという噂だった。

7

父、海老蔵より長《た》けたる芸風カンゲンくん

そして、終戦すぐなるブタゲイの『外郎売り』

歌舞伎座での初舞台『外郎《ういろう》売り』の長せりふをじつに抑揚・表現とも完璧に見せてくれた勸玄くん。すばらしかったが、はて、この舞台を以前どこかで見たなと考えた。母が歌舞伎好きで、多治見高校をズル休みして、名古屋の御園座《みそのざ》で見た中村吉右衛門の孫の万之助だったたか。いやいや、あれは池袋のできたての〈ブタゲイ〉で見たんだった。

六～七十年前の池袋。なんだか、おしっこ臭い粗末な「舞台芸術学院」の小屋であった。あとの演目はイサーク・アルベニスの《タンゴ》にあわせて男性ダンサーのバレエだの、秋田雨雀と土方《ひじかた》与志のめざす築地劇場の精神を受け継いだ劇団なのに、終戦直後の日本の手探り状態の芸術分野においては、あのように何でもありだった、とも思えるのだ。

その後、舞台芸術のメッカとして、二〇一九年には創立七〇周年を迎えた。もっとじっくりと研究してみたいが、許された時間と体力が限界を告げているらしい。

8　秋田雨雀・土方《ひじかた》与志の〈ブタゲイ〉ありけり池袋

いずみ・たくで著名な舞台芸術学院のことは、玉川学校劇の仲間のひとり、やはり、りんどう塾生で高等部を出た坂主充子が入団して、六本木の俳優座劇場で旗揚げ公演をした。やはり、マユミンの乾分《こぶん》だったわ。ワセダへいってた弟、庸介を誘って見た。ヌシのご両親の、TBSの近くの彼女の家をつかって、内密の新番組の役付けなど、密かに会議がなされていたらしい。名古屋公演には、緑区ほら貝のマユミンの家に泊った。

ホノルルにも、その初期のブタゲイ出身の方がいらしたのを知っている。

その頃の六本木には、質草《しちぐさ》のタイプライターや三味線、ギターなど、黒塀《くろべい》に白絵の具だけで目立つように描いた質屋さんがあって、なかなか宣伝効果を発揮していた。そこのご子息も玉川から立教大学へ行ってたっけ。あっ、今、思い出した。ハンサムな赤羽くん。

ゴトウの花屋はすでにあった。音楽仲間でよくつかうフランス料理〈Va-tous《バ・トゥー》〉はまだなかった。ここでは、イチロウさんと多美の音楽仲間、そして名古屋ＹＷＣＡの友人らが、マユミンの自著俳句エッセイ第十六巻『Ａ・ドーデの風車小屋』の刊行記念と、喜寿七十七歳のお誕生祝いをしてくださった。

香港から亡命した玉川りんどう塾の私のルームメイト・彭世美《ほうせいみ》の中国服の洋裁店も、ここらあたりにあった。でも、Sheila は「中国服は襟もとがアンコンファタブルだから、嫌い！」と言っていた。すこぶるつきの美人で、よく似合うのに。

9

〈高津装飾〉てふ社史を調べぬ梅雨繁く

私の末の妹は、終戦の年に生まれた。

長女のマユミンに母は「多治見高校の文化祭に連れて行きなさい」という。クラスメートは「珠実チャン、すみちゃん」と、かわいがってくれたけど…。なんだか「♬年の離れたおまえのこ〜と〜を」という演歌みたいで、恥ずかしかった！

珠実の級友が〈高津装飾〉というお宅に嫁いで、京都にお住まいと聞いたことがある。

最近のこの会社の発展はめざましく、調べてみた。

高津装飾美術（株）創業八十年。昭和十九年、設立。現在は東京に本社あり。時代劇映画からテレビに移り変わる時期に社会に貢献…とある。さもありなん。時代劇映画のタイトルには、必ずこの文字に接した記憶がある。

10　『民族の祭典』『美の祭典』ともに見ているませたマユミン

『民族の祭典』を見たのは一九三八年のこと。だれかに連れられて、多治見の榎元座《えのもとざ》だったか、長瀬地区の多治見館だったか。

ヒットラー全盛期で、ともに監督は、レニ・リーフェンシュタール。『民族の祭典』とは対照的に、『美の祭典』は、競技に死力を尽くす若者を描いたもの、といわれる。

まぼろしの〈皇紀二千六百年・オリンピック〉

よく考えてみたら、マユミンの小学一年生の時代は、「♬紀元はにせ〜ん六百年。ああ一億の〜胸〜は鳴る〜」の歌がつくられ、草津・万座スキー旅行のあいだも、われらファミリーの中ではいつも元気づけに歌っていたのを思い出す。

そういえば、〈日・独・伊三国同盟・奉祝〉が叫ばれ、日本ではちょうちん行列なんてものが、わが笠原町でも催された。

郷里笠原町へ戻って作陶家になった水野愚陶さんは、イタリアの首相のムッソリーニに扮し、うちの父は日本の首相だったかしら…。ドイツのヒットラーには、どこのおじさんが扮したか、記憶がさだかでない。

映画『民族の祭典』を見し幼きマユミンよ

「ハイル・ヒットラー！」しきりの頃で、ヒットラー・ユーゲントという若者たちの呼び名の、ヒットラー親衛隊グループが存在した。日本からも、その年齢の子どもが選ばれて、ドイツへ派遣されたのを知っている。知人の息子だったから。

笠原第一小学校一年の私は、大好きな担任の田中充先生のご指導で、クレヨンで描いた「出征兵士、じたくを出立ばめん」を描いたのを記憶している。紅白に飾られた門の下、自宅の玄関入口に軍人の挨拶「ケイレイ！」をする凛々しい兵隊さんの姿。

ありありと、戦意高揚の下心が察せられる児童の絵であるな。

たしか、これは、森永製菓の募集によった。受持ち教師の田中先生のお考えでそのとき当選して、一枚の立派な絵はがきとなったわがクレヨン画を、私も記念にもらったらしい。けれど、紛失した。

平和の祭典であるはずのオリンピックなのに、いろいろな色に染まらざるを得なかったこと、今になって理解される。

11 （ベルリンの）聖火リレーはスパイ活動！（だった とも）

ヒットラーの深慮遠望。 あののち、ギリシャはドイツに爆撃された。

（池上彰のニュース解説）

モントリオール大会は大赤字！ あの、コマネチの。大赤字の原因は？

一九八四年、春。ロサンジェルス大会以来、スポンサー化。テレビの放映権料の高騰化。アメリカに都合のいい時間帯、などなど。

SANK COST（埋没費用）の文字が私たちの頭に浮かぶ、きょうこのごろ。

12

朝ドラは『地上《ここ》より永遠《とわ》に』を梅もどき

浪花千栄子の一生を描く『おちょやん』のなかの出征シーンに、あの懐かしいアメリカ映画『From Here to Eternity』と似た場面《シーン》が出現した。一九五三年制作のアメリカ映画で、アカデミー賞九部門獲得という作品。ジェームズ・ジョーンズ原作。フレッド・ジンネマン監督。イタリア系米兵のフランク・シナトラ、そしてバート・ランカスター、モンゴメリー・クリフト。デボラ・カーetc。

当時のマユミンも、F・シナトラがあのトランペットの歌口だけで、音を抑えての演奏シーンに、激しく心をうたれた女学生だった。

13 スエズ（運河）といえば思へり女優アナベラ！

スエズ運河に、こともあろうにニッポンの船が運行をあやまり、斜めに座礁して、何百艘の船を塞いでいるらしい。

レセップス卿のスエズ運河ができるまでの映画『スエズ』（一九三八年）に、「名優タイロン・パワーとアナベラよね」と、すぐ応じる老女マユミンは、古すぎるかもしれない。

『商船テナシティー』（一九三四年）なんてのも、見たわよ。あの映画は、国立・名古屋工専の学生が復興資金調達のため、多治見高女へ営業（？）に来たもの。まだ男女共学の県立多治見高校以前だったので、みんな胸をときめかしたもんよ。

なお、パリの『北ホテル』（一九三八年）の現存の同ホテルでは、多美とオペラ歌手のミッちゃんと、お食事をしたわ。

すぐお隣りの店で、絵はがきを買いにいった多美がついでに買ったオーバーコートの素敵な古着をまとって、食事中の北ホテルへ戻ってきたのには、驚いたわ！　当時からパリでは古着がよく売られていて、多美のクラスメートが楽譜を売って、欲しいスカートを手に入れたのをマユミンも覚えている。

イチロウさんが、近くで友人のフィリップ・マヌーリと作曲談義に花を咲かせていたから、あれは十五年も前のことか。

俳句エッセイ『ストラヴィンスキー広場の噴水』（中日出版社、二〇一二年刊）表紙と裏表紙の「北ホテル」の挿絵はマユミンが描きました。

14

メシアンの跡追ひ子等と探鳥会

二〇〇八年はオリヴィエ・メシアン生誕百年とあって、軽井沢八月祭でも、かつてメシアンがイヴォンヌ夫人と歩いた星野温泉（いまの星野リゾート）近くの野鳥の森を歩く「特別ネイチャー・ツアー」をピッキオ軽井沢と共催でもよおした。

朝八時に集合なので、軽井沢プリンス・ホテルのコテージに泊まった、ハワイから着いたばかりの次女の美佐を起こして、現場へ行かせる。

参加者は、初老のご夫妻二組、子ども数名、後《あと》はスタッフ。

多美が用意した大きな五線譜に、いま耳にした野鳥の鳴き声を書き入れてもらう。音符でなくても、ただの曲線でもいいから、直感でその高低をなぞってくれれば、すぐに多美が楽譜化する。

持参したピアニカで再現してみせるのは、妹の美佐である。

この連携プレーで、なんとかうまくいったらしい。

七月から八月の軽井沢は、まさに鳥たちのサンクチュアリである。

背景の浅間山は、どっかりと座って、佐久平《さくだいら》を一望させる。なんともすがすがしい探鳥の集いとなった！

15

わからぬままムーラン・ルージュ上に眠りけり

もう三十年近くも前のこと。多美と私はイチロウさんの親友のご好意で、ムーラン・ルージュの近くの彼のお宅へ泊めていただくことになった。あのオッフェンバックの曲に、あのライン・ダンス。シャンペンつきのディナーをゆっくりとりながら、真の〝ムーラン・ルージュ〟を四時間も満喫したあと、すぐ近くのアパルトマンへ。暗かったので、ここがどの辺なのか気づかぬまま。イチロウさんは、作曲中なので IRCAM の宿舎へ帰った。

朝、窓からみると、たくさんの人がまるでアリの行列のように、ひっきりなしにこの丘へ登ってくる。何事ならむと驚いたが、じつはサクレ・クール寺院への道の中程にアパルトマンは存在したのだった。親友（の作曲家）とはフィリップ・マヌーリさんのことで、「演奏旅行の留守のあいだ、どうぞ」ということだった。

そのあとで、何と私たちはあの、ベルナデットの夫君ナジ・ハキムさんのパイプ・オルガンの演奏を、最上階演奏台席のナジのすぐ横で聴かせてもらうこととなった。白亜の大伽藍の〈特等席〉で。

あと、多美と二人、のんびりとモンマルトルのカフェで、おいしい朝食をとった。

16

ロスタンの別荘たりし草の笛

ミシェルの山小屋の食堂のすみに、大きなティンパニーが二台置いてある。聞くと、最近ミシェルの背中の痛みもだんだん癒《い》えて、二年前からバスク地方のカンポ・レ・バン音楽院の打楽器科の講師として招かれるようになったという。嬉しいニュースである。

彼は数十キロ離れたカンボ・レ・バンまで車で行って、二日教えて帰る。親切なカトリック教会の神父さんが泊まる部屋を提供してくれる、と語った。よかった。本来のミシェルは、かのシルヴィオ・グァルダの高弟で、立派な打楽器奏者なのだ。

南仏ニースと比肩する保養地、バスク地方のビアリッツも海水浴に行ったが、バイヨンヌの広壮なナジ・ハキムの父上の別荘へ泊まったとき、娘の親友で妻のベルナデット・デュフォルセのお父さまが、近くのカンボ・レ・バンやモーリス・ラヴェルの生まれたシブールの家と、『亡き王女のためのパヴァーヌ』を着想したサン・ジャン・ド・

リュズにも何度も連れていって下さった。土地勘《かん》はある。

私の、作家エドモン・ロスタンの〈アルナガ Villa Arnaga-Musée〉という広壮な別荘を見たいという希望もかなえて下さった。

カンボ・レ・バン（Cambo-les-Bains）の村の近くには、Bain《バン》の名がつく温泉の出る療養施設が多くある。ここに、劇作家エドモン・ロスタンがすばらしい庭園をもつ別荘を建てた。ナポレオン二世の悲運を描いた『鷲《わし》の子』（L'Aiglon）や『シャントクレール』（Chantecler）、『シラノ・ド・ベルジュラック』（Cyrano de Bergerac）を書いた人である。

その頃の宰相ポアン・カレをはじめとする身分の高い友人が次々と来訪した。時の大女優サラ・ベルナールの舞台姿の『鷲の子』や『シャントクレール』の写真もあった。

二十年以上も前のことなので、今のように観光客も多くなく、ゆっくりと広い邸内を見た。子ども部屋も書斎も、とても凝ったつくりで楽しかったのを憶えている。

ミシェル・ル・カルヴェは、最近ここで催された夏の音楽フェスティヴァルで、打楽器奏者としてたびたび演奏もしているとのことであった。

（二〇一一年八月）

17　『チコちゃんに叱られる』で知る校歌の歴史

日本の校歌の発祥は《ラ・マルセイエーズ》にあるという。明治時代の音楽取調掛《とりしらべがかり》の努力により生まれた。

私の岐阜県土岐郡笠原第一小学校にはなかったが、岐阜県立多治見高等女学校には、土井晩翠作詞、東京音楽学校作曲の立派な校歌があった。

「♬建武の昔忠君の～……多治見国長、多治見びと。その忠臣の紋どころ、桔梗を胸に……」

校歌も時代の推移により様変わりする。最近の卒業式の歌は「♬きみの髪が～肩まで伸びて～」みたいな作曲家の登場である。

イチロウさんも新婚時代にさる学園から校歌の依頼を受けた。その女子校の校歌は「今も歌ってくれてるのかなあ」と本人が言うほどに、その後、音沙汰がない。アハ・ハ・ハ

18

米・独立記念日のメロディは『朝日は躍りぬ』にさも似たり

昭和六年生まれのマユミンが、兄達のよく歌ったこの文部省制定の唱歌を覚えているので、ユージン・オニール作『楡の木の下の欲情（The desire under the Elm tree）』の映画のなかで奏されるメロディに疑問を抱かざるを得ないのだ。盗作じみたメロディ。うっかりミスなのかしら。アラ探しの好きなマユミン、いい加減しずかになさい！

それにしても、ノーベル賞作家に対して何といやらしいタイトル訳であることよ。

19

満洲国の国歌を知ってる稀少人種・マユミンよ

感染病対策のことでＮＨＫ・ＢＳを見ていた。

日本人の置きみやげ、敗戦当時の満洲医科大学の活躍などと、まったく正反対の行為、ロシアの対日たった三日前の参戦、それ以後のかずかずの略奪や凌辱行為など。

笠原第一小学校三年生のとき、わかりもしない原語の『新満洲国歌』と日本で信時潔作曲の日本版『満洲国国歌』も習った。マユミン、いまでも歌うことができるのだ。

映画『ラスト・エンペラー』を注意深く見ていたが、映画の中ではとりあげられなかったわね。

旧満洲国国歌の「♬天地内有了新満洲…人民三千万、人民三千万…」と並んで、

「♬大御《おほみ》光《ひかり》天地《あめつち》に満ち　帝徳は隆《たか》く尊《たふと》し　豊栄《とよさか》の万寿《ばんじゆ》祝《ことほ》ぎ…」etc.

いまでも、マユミン歌えます！　戦時教育の凄さがこんなところにも残っているのだ。

それをよしとするほど、呆けてはいないマユミンだけど。ただ、おもしろい現象として、述べてみただけ。一説に、日本版の満洲国国歌の作曲者は、信時潔とも山田耕筰という説も。

20 美智子妃の「小石丸」のまゆ 師走くる

第二回、絹箏弦を聴く会。

平成二十七年十二月二十一日(月)、紀尾井ホール。徳丸吉彦先生の解説で、なんと米川敏子先生が、皇后さまが繭になさった「小石丸」という箏の絹弦と、今多く使われる科学繊維弦の比較演奏を、あの《六段》の曲を使って聴かせてくださった！

最後に八橋検校作曲の《みだれ》を、箏・米川敏子、三弦替手・吉田綾乃、三本本手・大学敏悠、尺八・志村禅保のみなさまで。

最近、我が家で発見した古いアルバムに加藤真弓の雄姿を発見。私が十五か十六歳の頃の、多治見市の料亭・川地家での温習会の箏曲《みだれ》の舞台写真。

恥ずかしながら徳丸先生にお見せして、笑った。

21
C＝G・コレットの波乱の生涯秋深し

少年と少女の微妙な肉欲の芽生えを描いた『青い麦』のシドニー＝ガブリエル・コレット（一八七三〜一九五四）の生涯を描いた伝記映画を〈スカイTV〉で見た。

想像以上にすさまじい生涯だった。おもしろい。

「一九三六年、ベルギー王立アカデミー会員。四五年、アカデミー・ゴンクール会員に。パリの大司教は無信仰と二度の離婚を理由に、サン＝ロッシュ教会での葬儀を拒否したため、彼女が最も愛したパレ・ロワイアルの庭で国葬が行われ、ペール・ラシェーズに葬られた」（『新潮世界文学事典』より要約）

わが近辺におふたり、この女流作家を大学院の卒論にした方を知っているので、なおのこと老婆は興味ぶかいのだ。

22

「二十四歳の絶望」の反逆児ねじり花・鬼才クールベ画伯のこと

ＮＨＫ「日曜美術館」。今日の解説者は、かねて尊敬おくあたわざる東京大学大学院・総合文化教授の三浦篤先生であった。先生とは、パリのIRCAMでも、東京大学の駒場の校舎でもお会いしている。

画家ギュスターヴ・クールベは「私は目に見えるものしか信じない」という、揺るぎない信念を持っていたという。

作品『クールべさん、こんにちは』は、彼のパトロンの銀行家を描いているが、なんと帽子をとって挨拶しているのは、画家ギュスターヴ・クールベではなく、パトロンのほうなのである。ここにも、彼の心情が表れている。

私は、イチロウさんと多美の結婚をひかえた夏のある日、モンペリエでのコンサートがラジオ・フランスで中継されたとき、この絵をモンペリエ美術館で見た記憶がある。もう三十年も前だけれど。

その彼を大きく変えたのは、ノルマンディの海岸における若い画家クロード・モネとの出会いだった。ありのままの自然を描いて、波と大小の象の鼻に似た岩を幾度も描いた。獣にも興味を示した。

G・クールベは、近代的な絵画の基礎を築いたとも言える。

一八七一年、五十一歳のクールベは、ある提案をした。結果、パリのヴァンドーム広場の銅像は、一群の暴徒によって破壊される。

パリ・コミューンの暴挙の責任を問われ、多額の賠償金を払うため投獄される。なんと、反逆児は牢獄にいる自分を描いている。

最後、今までとは全く異なった穏やかな筆致による、自分の子どもを描いている何枚かの作品。この子の未来に輝かしいものを信じていたかもしれない。

以上、三浦先生の受け売り！

23

コロナ禍に『ヴェニスに死す』を思ひ出ず

こんどの「新型コロナ・ウイルスさわぎ」で、はるかイタリアまで「一衣帯水《いちいたいすい》」をいう中国の人たちにも多数の被害者が出ているらしい。

美少年に惹かれて、ペストだか悪疫のはびこるヴェネツィアの島にあえて引き返し、自らの命をも失う主人公のトーマス・マンの小説と、ヴィスコンティ監督の映画を思い出さずにはいられない。

そのうえ、まだ自分の足で歩けた夫と、もうイチロウさんと結婚していた多美との三人で、あの映画の撮影現場のホテルを探して、一週間ほど泊まったことを思い出した。

映画では、主人公は作家から音楽家に変わっていたけれど。

リューベックのトーマス・マンの生家にも行った。イチロウさんが武満徹さん未作曲の脚本のオペラ《マドルガーダ》の作曲をゆだねられて、ここリューベックの音楽院でも練習したので。

ヴィデオも買って毎日、あの映画のシーンをなぞってみるのは、最高だったわ。しかし、ホテルはあまり流行《はや》っていない様子で、設備は申し分なくゴージャスなのに、ギャルソン達のお行儀もわるく、「お客さん、日本のテレフォン・カードをください」とか、教育ができていないのだ！

北杜夫氏は、『ブッテンブローク家の人々』になぞらえた『楡家《にれけ》の人びと』を書いて、トーマス・マンに傾倒したが、そののちは『マンボウ』シリーズ以来、何にもとらわれない愉快な作家人生を歩んでいらしたらしかった。

そのお嬢さまがまた軽妙なエッセイを書いていたので、毎週、週刊誌で読んだ。あの〈マカ〉だのなんだの、良家のお嬢様らしからぬくだけた題材と文章で、さすが歌人の斎藤茂吉以来、三代続く〈作家だましい〉を見たわ。

24

『チボー家』を生みし書斎や鉄線の花

二〇〇七年のパリ行きのとき、メゾン・ラフィットに偶然あそんだ。この土地は、一九三一年うまれの私にとって、かけがえのない青春の書、ロジェ・マルタン・デュ・ガールの『チボー家の人々』の主人公、ジャックとダニエルが週末を過ごす別荘地である。

この話題を覚えていてくださった故アンリエット・ピュイグ＝ロジェ教授のお嬢さんポーリーヌが、このたびのバ・ノルマンディの別荘へ孫のサンドラと私をつれてゆきながら、あらかじめ友人に依頼しておいたノーベル賞作家マルタン・デュ・ガールの書斎のある、マイエンヌ県の〈シャトー・デュ・テルトル〉へ、ご案内くださったのである。私は驚喜した。作家の孫娘のマダム・アンヌ・ヴェロニク・ド・コペさんが、待っていてくださった。

あこがれの作家のすばらしい居館、生前のたたずまいを今に残し、万巻の書に囲まれた居心地のよい書斎をつぶさに味わわせてくださった。ここを訪れた数十人の文人墨客の写真が壁にずらり。それに加えてなんと、広い書斎に三つのデスクがあり、その一つが、わが生家の父の蛇腹の蓋《ふた》のついた懐かしい机とまったく同じだった。

うれしかった。

（俳句エッセイ『ストラヴィンスキー広場の噴水』中日出版社、二〇一二年刊）

25

『堕落論』の坂口安吾を知る五月

多治見高校生時代から、『堕落論』を書いた作家の坂口安吾に興味をもっていた。

その頃、多治見の東文堂書店には、私のお取り置き月刊雑誌は八冊ほど。『文藝春秋』『新潮』『群像』『リーダース・ダイジェスト』『LIFE』『文学界』『三田文学』『早稲田文学』を愛読していた。

切手愛好クラブ〈SPAN〉(Student Philateric Association of NIPPON) の会員だった私。気性の激しい母が切手収集を嫌って、高価な巡回購買切手帳を捨てられたことがあったので、多治見橋に近い二等郵便局に、P・O・BOX(私書箱)を設置した。高校生のマユミンに、よく許可してくれたもんだわ。

〈ちょい悪従姉〉の玲子がさっそく「恋人からの手紙を入れさせて」とマユミンに依頼してきた。アハハ! 父の蔵書印がうらやましくて、東文堂に並んだ判子屋さんで、立派な蔵書印もつくったわ。

間　奏　曲

ホッピービバレッジ株式会社 社歌

輝やけるホッピー

作詞 ホッピーファミリー二〇一七
補作 二宮真弓
作曲 野平多美

緑濃き氷川の杜 仰ぎ見て
華やぎの赤坂の地で 築くきづな
大空に描く 夢と希望
我らの誇りは 輝やけるホッピー
無限の知恵と未知の世界
我らの目指す その大地
明るく楽しい出会いをかさね
希望あふれる次代へと

堅実な歩み三代 幾とせよ
終りなき 挑戦の日々よろこびに
大空にはばたく夢 デザイアー
我らの誇りは 輝やけるホッピー
ああ ホッピービバレッジ

書・二宮真弓

プラハの春　さやけき筈の集ひなれど
受講ためらう音楽学生

これは、一九八六年、私が朝日新聞短歌欄に投稿した短歌である。

多美と美佐がすでに留学中で、あのチェルノブイリ原子炉爆発事故の影響を心配して、「雨の中にも悪いものが溶けているから、必ず傘をさしなさい」「井伏鱒二の『黒い雨』を思い出しなさい！」などと電話をかけたのを覚えている。

「パリとロンドンへ留学中の多美と美佐を見てこい」

心配する亡夫の言いつけでヨーロッパ旅行を企てていた私は、ＹＷＣＡ仲間で親友の山田良子さんに「朝日新聞の短歌欄を見てね」と伝えて出発した。

ウィーンまで迎えに来た多美と合流して、ウィーン駐在の豊田通商のKANDAさんのおすすめのホテルにいたら、名古屋の留守番役の夫から「何だか朝からＹＷＣＡの友人から『おめでとう』の電話がしきりで、うるさいぞ」とのこと。

私の大言壮語が実現して、まずはひと安心。

その頃、ロンドンで印刷をはじめた朝日新聞のことを耳にしていたので、英国王立音楽院の美佐に朝日新聞を手に入れさせておいた。

二〇二一年五月十七日、早朝二時、お手洗いに起きたら、ＮＨＫテレビの「トラム・カーの旅・プラハ」をやっていたので、あの日のことを思い出した。

芹　なずな　ごぎょう繁縷《はこべら》　仏の座
すずな　すずしろ　これぞ七草

（古来よりの言い伝へ）

年末に来たお客様の一人が、しゃれた竹の編みかごに、春の七草を植えたお土産をくださった！　なんとも嬉しい。

早速、二〇二〇年、正月七日の朝起きて、すぐに七草がゆに取りかかった。おせち料理も食べ飽きたこの日、魚沼から頂いたお米にゆかりの七草入りがゆは、疲れた胃に最適である。

お塩は、数年まえ南仏遠征横川隊長とドライブした折の、ゲランドのお塩にしよう。

PART 4

2021年ラプソディ

1

（名古屋の）ヒルズ・ウオークに早矢仕《ハヤシ》ライスがやってきた！

半年ぶりの名古屋帰省である。

コロナと私の胃がん手術入院騒動で、東京に足止めだったが、やっと遅ればせながら亡夫（愛知県瀬戸市、式内・深川神社。二十六代目、二宮武の次男。二宮平大人命《うしのみこと》）の十年祭もかなった。

近くの総合買い物ビル「ヒルズ・ウォーク徳重ガーデンズ」へ行ったら、なんとブックストアが入れ替わっており、なつかしい〈丸善〉になっていた。

〈お別れ、お説教本コーナー〉に、よもやわが俳句エッセイ『追想のロンド』（春秋社）が並んでいたらと、かすかな期待をいだくも、常連の佐藤愛子、曽野綾子のペーパーバック本がずらり！　やはり、安価で薄くて、『九十歳で何が悪い』『夫の後始末』etc. の、一見どぎついタイトルでないと、人目をひかないことが分かったわ。樹木希林のはなかったけれど。…というのは、無名の俳句エッセイスト・マユミンの負け惜しみ、ひがみでしかないか。どんどん売れているのは、有名人の特権らしい。

でも、名古屋市緑区ほら貝在住五十年の二宮真弓の十九番めの俳句エッセイ『追想のロンド』もすこぶる上品な仕上がりで、二七〇頁もある重厚な本なのだ。中身は美濃・笠原町から十八歳で東京の大学へ家出して、世界のオペラ劇場をほとんど制覇。八十九歳に至るまでグローバルに歩いて、幾多の友人と遭遇！　変化に富んだ生涯を過ごすことができた。

本の中身は、おもしろくて、くだらないけど、でも、おもしろいのだ！

美濃びとにも名古屋人にも読んでもらえたら、いいな…。ご近所の書店やネット書店（アマゾンや楽天など）でお求め下さい。

ここ〈丸善〉のカフェには、あのなつかしい早矢仕ライスもメニューにあった。

名古屋の東端の田舎とくしげが急に文化的地域になったようで、めでたい！

歩き疲れて、コーヒーは嫌いなので、田舎のお婆さんっぽく、クリームソーダを頼んだわ。

2

マスクして ♬手本はに〜の〜み〜や金次郎

千葉県鋸南《きょなん》町の、廃校となった小学校を利用した〈道の駅〉をテレビで見た。おもしろい！　昔の小学校ならどこにも建っていた銅像、二宮金次郎像にも時節柄、マスクがかけてある。

さすが千葉県。ピーナッツのアイスクリーム、ピーナッツのお味噌、一斤ぶんの食パンにたっぷりなクラム・チャウダー掛け。そして目玉は、お醤油のいろいろ王国。季節のタケノコは孟宗竹と破竹。このタケノコのお煮付けも出た。

ああ、五十四年間も乗った車があればなあ、とまだ車の運転に執着している。

3

ときはいま　哲人宰相いでよ日本

リーダーは速く対策を確実に

言い得て妙である。もうアメリカから、あの「ニューヨーク・タイムズ」から、日本の政治家に辛辣な、的確なことばが投げつけられてしまった！

アメリカでは、なんと四〇何パーセントがすでにワクチン投与を済ませている。場所を選ばず、国の危急に対処している。

全国民のわずか二パーセントしか済んでいないワクチン接種は、世界で最下位。変異ウィルスにも、どこか政治的に利用するような国家の大事に対して、どう対峙《たいじ》してゆくか、国家全体が問われている、というテレビの有識者の言であった。

4 『朝までテレビ』コロナ対策の病因あばく

激論。安倍内閣で、「消えた年金」問題も、森友学園もそのまま。またふたたび安倍さんが出ようなんて、ナンセンス！　この国のリーダーは、無能な人間ばかりか？

「厚生労働省の既得権が大！」

厚労省が日経新聞に書かせた。

先進国ではワクチン配布と接種体制が手早く進んでいるらしい。日本はインドとならんで最下位！　自民党の今度の選挙の大敗で、学ぶべき。変異株の防御があまい。

なんと、あの舛添さんが出席。おどろいた。幾多のあの愚行さえなければ、グローバルなマルチ政治家だったらしいが、ケチな行為で失脚。反省しなさい。

やっと動いた日本政府のコロナ対策。今まで、一年有余のあいだ何を手をこまねいていたか。政府の要人もご自分のあとのことを考えて、ビックリするような一言を、後の保険のためにつぶやいて、すぐに打ち消しておく。いつもの旧態依然のやり方。

担当女性大臣は、オリンピック担当知事が、明確な指示を避けているから事が進まないと苦言を呈し、都知事は政治家と識者がまず示すべきだと言い、国民は困惑するだけ。ずーっと、この泥試合に振り回されて困惑する国民。

ここ二年間の主催国日本の〈ＴＯＫＹＯ〉の遅れをあのニューヨーク・タイムズがおかしく論評した。どうした日本！

〈オモテナシ〉くらいでは、全世界の人々は騙されないわよ。

5　免疫逃避てふ新型ウイルス　カキツバタ咲く

キラーT細胞に強く対処できる抗体をもつのが、ファイザー社のワクチンであるらしい。

いま、ブラジルでコロナ流行のマナウスという土地の名前で、昔の記憶がよみがえった。

マナウスには旧いオペラ劇場があるらしい。このまえパリ大学の医学部を中退して、日本のＪＡＸＡに留学したアリサがいる。彼女のお母様は武蔵野音大を出たかつてのパリ音楽院のヴォイス・トレイナー科講師であったが、二十年ほど前、逝去された。私も、お会いしたことがある。イチロウさんの伴奏で、ここブラジルのマナウスでアリサのママと、コンサートを催したという。

玉川大学の小原國芳先生が四十年前、ブラジルへ教育行脚をなさった折に、この邦人の多い奥地のマナウスにも小さな飛行機で訪れて、とても怖かった、と当時の『全人』誌の身辺雑記にお書きになったことを私は記憶している。

わたくしマユミンに、二〇二一年四月、注射の幸運が訪れたワクチンも、そのファイザー社のものである。

日本のコロナ事情も、これを機に大きな裁断によって好転して、無事にオリンピックの大事業を果したいと、心から願っている。

6

思はぬに（コロナ・ワクチン）接種券とどくサツキ満開

まず、八王子だの何処《どこ》だのと聞いていた。

なのに今日、二〇二一年四月二十日、郵便受けに、老婆あてのファイザー・ワクチン接種のご案内と接種券が届いた。ありがたい。目処《めど》がついて、ひとまず安堵。

これで徐々に、いろんな遅ればせの決断が効を奏して鎮静に向かえば、老婆のさいごの二つの野望（ウィーン楽友協会ホールの年末コンサートと、モナコ国際作曲コンクールの審査員になったイチロウさんに、ついてゆく）も、もしかしたらかなえられるかしら！

7　『圓座』十周年大会つひに頓挫すコロナ禍に

よわい八十九歳を数える私が、同人として所属の俳句誌『圓座』（主宰・武藤敏子）が、かねて計画中の結座記念十周年俳句大会をついに断念。

ここ二年にもわたるコロナ奇禍の終焉が、世界的にもままならないのだ。よって、準備した当日句を思いだしてみた。

哲人宰相いでよとひたすら祈る五月空
反骨のジャンヌ・モロー逝くあかね雲
今こそ欣求《ごんぐ》浄土《じょうど》　厭離《おんり》穢土《えど》
りんどう塾の懐しき顔々消え逝く秋
ベルクの『ルル』蠱惑《こわく》の女優パリは春
冬長しわれ最期の句集を編みにけり

圓座同人　二宮眞弓

8　嬉しきは藤田医科大学など協力　カキツバタ

愛知県

我が第二のふるさと名古屋の藤田医大は、戦後急発展の新しい理念をもつ医科大学である。戦前から、医科に関する検査の総てを包括する学府と記憶している。開学当初はケイオウ系のドクターが多く、信頼が厚かった。作家の曽野綾子さんがここで眼の手術をして、帰りは東京までご自分の運転だったという快挙も伝わった。

三十年間毎日、知立《ちりゅう》市の会社へ夫を車で送るとき、必ず通る山賊の熊坂長範《ちょうはん》も出没の、〈和宮さまの姫街道〉の昔ながらの細い古道であった。

後、その東の森林がテニス・コートとなり、そして鳴海ゴルフ場がここに出現する。当時のトヨタ車のコロナに、夫を会社に届けた帰途の私は、かねて準備の長靴と長いパンツに着替えて、車に乗せきれないほどたくさん、よく育った蕨《わらび》やセリと共に帰宅した。

昨日、オリンピック組織委から五〇〇名のコロナ患者の受け入れ体制が緊急要求された。事態は、ここまで来てしまった。やるときはやる日本人、やっとエンジンがかかったらしい。

医療現場逼迫《ひっぱく》の現状に、ここまで手をこまねいていた無能なだれかさんたちに、やっと民間から応援のきざしが届いたらしい。さあ、やると決めたらやり遂げる根性と理性をもった日本人なのだ。見ててね！

9

朗報ありワクチン接種済みし人　渡航ゆるすと！

外国へ文化的交流をはかる重要な課題をかかえた層に、二〇二一年五月十九日、朗報とどく。国連のある部局ではこの鎖国状態の打開の道、拓《ひら》かれしと。

うれし沙汰届けりモナコのピエール皇太子財団音楽評議会メンバー（国際作曲コンクール審査員）をイチロウさんに委嘱、
わずかずつ難儀回復のきざし見ゆる気配、
この梅雨入りめでたき〈慈雨〉となれば嬉し。まゆみ。

10

夏至るコロナ禍で乱れし夏なれど

今日は夏至《げし》だという。なんだか暑かったり寒かったり。

日本は四季がぐちゃぐちゃになってしまった。

オリンピックもパラリンピックも、開催決定までには至っていないけれど、政府はやるでしょう。あ、やることに、決定だって！　アスリートも、外国から入国しだしちゃったし…。そして、コロナ感染の人まじってたらしいし。


何とか、最小限の感染事情で無事にいろいろが終わりますよう、願うばかり！

11　還ってきた群響　湧き立つ太鼓《たいこ》八木節よ

あの群響《ぐんきょう》が、還ってきた！

群馬県のシンボル赤城山。あの山に向かって、苦しい忍耐の月日を過ごしながら、コロナ禍に耐えてきた群響の団員たち。

今年一月、小林研一郎さんの指揮により、やっとみんなの許《もと》へ還ってきたのだ。そして、また出たコロナ災厄のぶり返し徴候に、政府の緊急事態宣言の苦難の日々。

マユミンと群馬交響楽団との繋がりは、深い！

まず、玉川大学の青春時代、心に沁みる映画『ここに泉あり』（一九五五年）での岡田英次、小林桂樹の出色の重厚な演技！

私は名古屋ＣＡ商業学校出身の〈スズキ・メソッド　バイオリン才能教育〉の鈴木慎一さんが、ご両親を戦禍で亡くし苦境にあった豊田耕児さんを浜松で発見して、パリ国立高等音楽院に留学させたこと。そして留学中の豊田耕児さんを「パリ在勤中の私ども夫妻が喜んでお世話しました」と語った日本ＹＷＣＡ会長とマユミンが知り合いになったこと。

まだある。

パリ音楽院卒の長女の多美が、まだ若かった群響の野田祐介くん（「おうちで群響」という YouTube では、人参でつくったキャロリネットを吹く）と留学仲間で、母親のマユミンにもパリで紹介してくれたわ。

まだまだ群馬交響楽団とのご縁は続く。

二〇二〇年に惜しくも早逝されたホッピー会長の石渡光一さまの一周忌の席である。ホッピービバレッジの製造工程に重要なビールやワイン容器製造の会社社長・三宅さまと同席した。ふと思いついて「高崎の工業団地の群栄化学の社長。有田喜一さんは、私の亡夫の会社の取引先でした。美佐とわたくし夫婦でゴルフをご一緒にしました」と言ったら、よく存じ上げているし、ご尊敬申しあげている、とのこと。すてきな真鍮製の花器をつくってお贈りくださった。

イチロウさんが新設の高崎芸術財団音楽ホールでピアノを弾いたときも、心からお祝いくださった仲である。

ケルン生まれの豊田弓乃《ゆみの》さんの、桐朋音大教授のご活躍もうれしい。

そういえば、マユミンはまだ高校生で、その頃のコンサート会場は御園座だったので、その楽屋で豊田耕児さんにもらったサインも、すでに老成した立派な筆跡で、感服したのを覚えている。けさ、日曜日、二〇二一年三月二十一日。

12
はんどう・かずとし氏逝く『日本史再検証』残して

私と一歳ちがいの、一九三〇年生まれ、東大卒、『文藝春秋』編集長、『週刊文春』編集長の、半藤一利さんの足跡を調べてみた。

絶筆『歴史探偵　忘れ残りの記』（文春新書）を読む。さらに、『なぜ必敗の戦争を始めたのか』『昭和の名将と愚将』『日本型リーダーはなぜ失敗するのか』『「昭和天皇実録」の謎を解く』『二十一世紀の戦争論―昭和史から考える』などなど、肯綮《こうけい》にあたいする著書ばかり。

いま、コロナの勢いに怯えるわれわれ日本人の前に、現れてほしい名将こそを望んでいるのだ！

13
〈半藤一利さんの遺書〉若者よ真剣に語り継がむ　これからの日本

「もっと本を読め！」と言いのこし逝かれた半藤さんである。

まず『歴史探偵　忘れ残りの記』を読もう！　もともと半藤さんは文藝春秋のご出身なのだ。何らかの手がかりがつかめるに違いない。

漫画（「いや、お婆さん。今はアニメというんですよ」「知ってるわよ。知った上で、忠告してるのよ」）の聖地巡礼なんかにうつつを抜かしていいものだろうか？

お婆さんは、もうそのときが近い。いまの若者に耳障りであろうが、是非聴いてほしい。もっと、我が国の古典を読みなさい！　世界の歴史を勉強しなさい！

アニメとやらにうつつを抜かしていると、どんな日本に成り果てるか、本当に心配です。漫画の主人公の生まれた所なんぞは、聖地ではありません。聖地巡礼なら、もっと行く所があるはず。目を覚ましなさい。

テレビで東大生 vs 芸能人の知恵競べがはやっていますが、あれで終わりと思ってはなりませぬ。深く一つのことを追求して、不器用に勉強して下さい。

どうか、老婆の戯言《たわごと》に耳を傾けて下さい。お願いです。

次代をになう若者のみなさまへ。

14

MATSUYAMA マスターズ制覇へ　月桂冠

早朝から、ＴＢＳテレビのライヴを見ている、やったわね。松山英樹さん。あ、まだ早いか！　ここでマユミン、なんとかよい俳句季語を探すけれど、うまいのが見あたらない。詩人には Poet Lawriet（月桂冠詩人）があるけれど…。ま、いいか！

最後のさいごマイナス11打を取り返したのだ！　日本時間、朝四時五十八分。しかし、ここでもう一つ頑張れば、堂々のマイナス12打で最後をかざるのだ。でも、まだ気が早い。落ち着かねば。

Ｗ・ザラトリスが追いかけてくる。カメロン・スミスがバーディとった。あ、松山が８番ホールで、マイナス12打をとった！　いいぞ。

あ、追っかけているザラトリスが、２打差まで追いつめている。でも、後退。

MATSUYAMA また縮めて、マイナス13打。ザラトリスとは、５打差と、きりはなし成功。カップ間際で止まるが、まあそこは余裕。さあ、我が松山は、いよいよ油断のできない〈アーメン・コーナー〉なり。

ともあれどオーガスタ制覇なれり山桜！

よくやってくれた松山英樹くん。日本人で、いや東洋人で初めてこの偉業を成し遂げてくれた、松山くん。その偉業に心から感謝します。解説者も、ご本人も泣いていたわね。

コロナ禍で心配な世界中だけど、一転、明るい日差しが覗いた感じ。本当に有難う！

15

早藤《はやふじ》キャディ　賞賛の嵐サツキ咲く

松山英樹選手、マスターズを制す。

そのあとに、グリーンに最後のフラッグを立てに入ったキャディの早藤さんの振舞いに、世界の人々から賞賛の声があがっているという。

日本人なら誰でも教えられる作法らしいのだ。

四日間にわたる試合を終えて、お世話になったこのゴルフ場に、激闘を繰り広げたグリーンにフラッグを返し、そこで帽子をとって激闘を展開したコースに向かい万感の思いをこめて深々と頭を下げるキャディ HAYAFUJI の姿は、プレイバックの画面を見ても、すがすがしい。

よくやった！　日本人の武道における、礼にはじまり礼におわる日本伝来の武士道にも似て、人びとの心を動かしたに違いない。

16

若葉香りラグビー選手　順天堂医大生となる

二〇二一年五月十七日から検査入院予定の、順天堂医大病院・消化器内科であるが、なんとあのラグビーでスコットランド戦を勝利に導いた福岡堅樹《けんき》選手が、十年おくれて父上のお仕事をついで入ったのが、奇しくもこの病院の順天堂大学で、すでに合格。四月からあの文武両道の福岡選手が、いらっしゃるらしい。

ラグビーのことなど、解《わか》らんちんのマユミンであるけれど、いつもお世話になっている順天堂医大で勉強中だという。嬉しいじゃあ〜りませんか。

文字通り「天命に順じて、おとなしくいたします」と、わが身に言い聞かせて、日々をうれしく過ごしておりますだ。きっかけをつくって下さった元N響の横川晴児フランス自動車・遠征隊長と奥さまの晶子さま。三山博司ドクター、ありがとうございます！

17 「ひいては駄目」贔屓力士敗《やぶ》れやいと（お灸）花

がっかりである。貴景勝《たかけいしょう》、カトリック学院育ちで期待しているのに。

まあ、太り過ぎね。

自分を差し置いていうのもなんだけれど、あんなに太ってはだめでしょう。自省してほしい。それにどこかの評論家は、「場所はじめが負けすぎだよ」。私も、そう思う。

あ～あ、がっかりした。もう見る気になれない。テレビ、切っちゃおうッと。

ちょっと二日ほどテレビから目を離した隙に
貴景勝はどこへ消えたの荒れ梅雨に

贔屓《ひいき》力士が消えちゃった。六場所も休んで進退を問われた白鵬が知らん顔してやってるのに…？　なんだか相撲界も奇怪な世界、理解のほかである、と老婆には。

忙しくて見なかった名古屋場所二日めに、好きな貴景勝は負傷しちゃったのね。あーがっかり！　「太り過ぎ！」って叱ったけれど。インテリ力士に大きく期待していたのに。

18 ショックなり　夏目三久《みく》さんの花便り

夏目さんは大好きである。

ちょっと田舎臭く、東大を落ちたから東京外語大かなあ、ってところも、努力家らしいところも。下宿を大学の近くのお好み焼き屋に決めて、お手伝いをしながら三度のご飯ももしかしたら作らないで済むかもしれないことも……。

いっぽうの人は、〈猿岩石《さるがんせき》〉の時代からよく知っている。なんだか最近めっぽう売れだして、あれよあれよという間に、何だか第一人者になっちゃったわ。でも、一度この人との噂があって、なんだか消えちゃったわね。そのときは、快哉を大声で叫んだものよ。

夏目さんを好きなところは、最近早朝の五時から六時に変更になったものの、不器用に「いつも朝はやくからご覧頂きまして、ありがとうございます」の、あの誠実な笑顔が好きだった。

あ〜あ、しかしもうすぐ九十歳のマユミンが、めでたい出来事に水を差すのもなんだから、仕方ない！　心外だけど、おめでとう。うっかり者のマユミンには見つからない、いいところを、聡明な、不器用な夏目三久さんは、発見したのね。できたら、みんなみたいに、すぐ離婚なんかしないでくださいね。

これも、「余分なこっちゃ」と亡夫から声が届いたようである。どうか、お幸せに！

19

「乾く、かわく、乾く」女流作家の宮尾登美子さん

いろいろ探しても、あの女流作家の名前がどうしても思い出せなかったけれど、『序の舞』の彼女によるすばらしい表現である。

ちょうどいまの季節。ほんとうに洗濯物が、虫干しの衣類が、そして万物が、乾く、かわく、カワク！　やっと本来の「日本の秋」らしい季節がやってきた！

名古屋の家の押入れのお布団などが、大変な状況という知らせに、コロナ禍でおくれちまった夫の十年祭その他を遂行するために、いわば世界に散らばっている我がファミリーに集合をかけた。

オン・ラインで打ち合わせは済んでいる。孫のサンドラも、仙人掌《さぼてん》咲く避難先のアリゾナから、元気でＮＹに帰ったらしい。

さあ、みんなで東京へ集まって美味しいものを食べよう！

20

番組のさいごのサワコは『CHICAGO《シカゴ》』なり

「私、失敗しないから」のドクターXこと、女優、米倉涼子さん。

彼女は、あの『シカゴ』の日本版も、ここ本場のアンバサダー劇場の本番も経験していて、その思い出を涙ながらに語っている。実は、五年前だったかしら、サンドラのNY大学入学を祝って、様子を見にニューヨークへ来ているのだ。

気の利くサンドラ・コーンは、マユミンと多美おばさま切望のアンバサダー劇場、本場のミュージカル『シカゴ』を見るため、ここ五番街で、まずたくさんの芸人のカリカチュアが壁いっぱいのおもしろいレストランを選んでくれた。ここでお腹ごしらえをしとかないと、うるさい。文句の多いおばあちゃまに何をいわれるか…。

九年あまりつづいた『サワコの朝』も、そして玉ねぎさんの『徹子の部屋』も、この三月で終わるらしいのだ。(「徹子」は放送五十年まで続くと後で情報あり。) TBSもテレ朝も、この二つの人気番組を改編成して、あと大丈夫かしら。

21

「キリシマ、部活やめるんだって！」竹似草《たけにぐさ》

アハハ！　今の若者は、こんな些細な、とるに足らないような科白《せりふ》を、大変な金科玉条みたいに珍重するらしい！　そして、彼らの大切にしている〈よりどころ〉とは、われわれにはとるに足らないアニメのなかの一カ所、大事なのは、そこなのだ。

もうすでに耄碌《もうろく》が近づいているのかもしれないけれど。先日ご逝去の〈知の恩人〉文藝春秋出身の半藤さんは、「もっと古典を、本を読め！」と遺言を残した。私は、この言葉に心から賛同する。アニメだけが文化何かでは、あり得ない。

私が十一年前に我が家の階段落っこち事件で「頚髄損傷による両上肢下肢機能障害」になったとき、いちばん最初に駆けつけてくれた恩人のサヨチャンに、「あのテレビ・ドラマの『ショムニ』みたいに梯子《はしご》ならぬ脚立《きやたつ》をもって転んだのよ」といったら、「おばさま、『ショムニ』を知ってるなんて、すご〜い」と尊敬されたんだけど。あ、サヨちゃんは美佐のゴルフ友達で、美人でゴルフもとっても巧いのだ！　もてて当たり前！

今夜、二〇二一年三月三十日。キリシマならぬカキヌマが登場する、あほらしいムキムキ男たちのテレビ番組をみた。「マンガ愛」って言葉も知った。

何だか、生きにくい時代になっちゃった。

22

桂文枝の弟子　ウクレレをひく梅雨の入り

桂文枝の弟子が二〇二一年五月九日（日）早暁、ＮＨＫテレビで〈演芸図鑑〉に出て、桂小遊三の前座にウクレレ漫談を披露。東なんとかに習ったらしいが、意外にも、とっても音程がいい。そして、服装は洋式。

ウクレレなら、マユミン、ちょっとうるさいのだ！

玉川大学へ入ったのが、昭和二十六年四月。そのころ、下北沢の伯母が、株の優待券でよく連れてってくれた新宿松竹座など、映画の前座にあの「♬覚えているかい〜。丘のこみち〜」など、ハワイ出身灰田有紀彦・勝彦きょうだいや、バッキー白片《しらかた》など流行《はや》っていた。りんどう塾でも、夜な夜なウクレレのうまい某《なにがし》などがギターと合わせた！

孫のサンドラが生まれると、彼女のプリ・スクールから高等部卒業までの十三年間は、ホノルルのすばらしい一画にある広大なプナホウ学園の催す〈MAYDAY-HULA《メイデー・フラ》〉に通った！

神様にささげるフラダンスは、この学園で必須の授業であったから。

ホノルルのカマカ工房で、誕生したばかりのサンドラとマユミンのウクレレを演奏用・練習用と三挺、調達したわ。楽しい毎日だった。

そんなわけで、今朝は新鮮な目覚めの、嬉しい時間だった。

23 澁澤のタルト・タタンや花むしろ

ＮＨＫ大河ドラマ『青天を衝け』の、澁澤栄一の好んだフランス菓子、タルト・タタンを、東京都北区の順天高校生らが復元、販売を試みるという。

暗いニュース続きの日本に、嬉しい若者の取り組みである。

傘寿近いお婆さんは、応援しないではいられない。

そこで、リンゴをつかった〈タルト・タタン〉って、どんなお菓子だったかしら？

24
「知りたい」と「なぜ」の深掘り織田裕二

ＮＨＫで新番組が始まるらしい。

高一のとき怪我でスポーツをあきらめた。子どもの頃から昆虫に、特にクワガタに興味があるという織田裕二さん。歌舞伎俳優の中車さんにも当てはまる。わざわざ広島県の倉橋島まで、カブトムシのために出かけるこだわりがあった。

モアイ像は、なぜつくられたか？　これも、これからＮＨＫで詳《つまび》らかになるらしい。人間の形成に大切な部分は、なんとなんと脳ばかりではなく、大腸にあることも、最近わかったらしい。今、大腸の結腸部分にあるポリープをどうするか問題を抱える老婆である。

織田裕二が、あのいわば問題児のODA YUJIが、ＮＨＫでどう料理、または評価されるか、老婆の余生はまだまだ、たのしみ！

25

「NHKヨーロッパ・トラムの旅」に「立花隆氏逝去」の文字！

眠れぬまま。六月二十一日あさ三時

かつての立花隆氏の鋭い田中角栄の金脈追求のルポルタージュ、中核vs革マルの仁義なき戦い、日本共産党の研究は、私たちの心を打った。なのに、まだ八十歳の若さで…。

傘寿をこの九月に迎える役立たずの老婆のマユミンは、忸怩《じくじ》たらざるを得ない。惜しい方を失った。

『文藝春秋』の巻頭欄からお名前が消えて以後、もう永い年月がたってしまった。「お体の調子が懸念されるのかな」とは思っていた。追悼！

26

かつて訪ひし徳富蘇峰翁の草堂崩壊か？

いま、二〇二一年七月四日、午後三時。熱海の伊豆山で昨日からの豪雨による土石流が発生！　人家の崩壊を告げるＴＶニュースを見ていた。死者も出たような大変な崩壊事故のよう。

何だか行ったことのある地名である。

あっ、そうだ。結婚直前の暑い初夏の日、当時ご健在の徳富蘇峰先生のお宅へ、「新宿の高野フルーツで上等のメロン二つ買って行きなさい」と小原先生に申しつけられ、原稿ご依頼のため、そうした。マユミン、ただ独りで。

小田急電車はとても空いている時間で、荷台にのせたメロンの箱が良い匂いをプンプン放っていた。通りかかった車掌さんが「メロンですね」と微笑んだことまで思い出したわ。

徳富蘇峰氏に〈大田草堂〉ありぬ暴れ梅雨

マユミンが晩年の徳富蘇峰翁を訪ねたのは、熱海伊豆山であった。確かにすばらしい眺望にめぐまれた、老大家にふさわしいお屋敷であった。別墅（別荘）であったかもしれない。

ここの他に、都内大田区にも蘇峰翁若き日のお住まい跡があることがわかった。そしてお生まれになった熊本県水俣市にも立派な記念館が、神奈川県中郡二宮町にも立派な〈徳富蘇峰記念堂〉があることも。

いまは、熱海市伊豆山のみならず、広域にわたる天災、いや人災事故を起こしたどこかの業者と、その影響の大きさに心がいたむ。あの、伊豆山のてっぺんにあった徳富翁のお住まいも、あとかたもなく流失したのであろうか。

27

悲惨なり熱海伊豆山　不明二〇人

のんきな七十年前の徳富蘇峰先生の思い出を書いたあと、しばらくして、私はこの地におけるなんとも悲惨な土石流《やまつなみ》による初めての大天災の報道に接した。申し訳なさで、心中いっぱいである。

しかし、この熱海伊豆山一帯は、昔から土質は良好で、崖崩れなどの心配は無用と、お嫁に来たときから教えられたという人の発言もあった。そのせいで、自治体からの避難勧告すら出ていなかったらしい。

今度の土石流の甚大な被害は、川勝《かわかつ》知事の言によれば、その上の地区の積み上げられた土砂が流れ出したとも。盛り土崩壊が誘因か。それに、絶え間ない豪雨。

まだ見つからぬ二十余人の方々の捜索には、警察は一千人体制でがんばっている。警察犬もドロドロになって懸命に働いている。海中にも、捜査の方々の懸命なご様子がテレビに映っている。日が暮れて、またまた暴れ梅雨が降ってきた。

亡くなられた方々とそのご家族に、心から哀悼の意を捧げます。

あとで判明したのであるが、徳富蘇峰翁は、あの伊豆山をいたくお気に召して、昭和十八年に移築なさった。ご出身が同志社大学であったため、翁の没後は、同大学がゆずり受け、教授らの生きた研修の場となっていたという。曽遊《そうゆう》の地であっただけに、不幸な結末をとげたこと、衷心よりお悼み申し上げます。

28 おしまひの句集に何とつけようか

暈《ぼ》けがいくらか来たかしらと思えるので、最後の「俳句エッセイ」につけるタイトルに腐心の毎日。やっと二度目のワクチンも打ち終えて、すっきりした朝である。

昨日も思いついたいくつかを書いて、編集長に届けてみたけれど、一夜明けたら、ああ、つまらない！

思い直して今朝また筆をとったが、つまらぬ。平凡すぎる。『二十冊めのわがまま俳句エッセイ』『卆寿のマユミン力尽きけりコロナ禍に』『マユミンよくも書いたり紙のむだ』『おしまいの句集を編めり暴れ梅雨』『卆寿しも自虐の句集いかにせむ』『卆寿しも心づもりの句集かな』『紙のむだ。卆寿のばばの遊びすぎ』『しかしまあ、卆寿まで生きて恭じけな』

昨日考えた原稿がみつかった。『楽しかった九十年　わが最終楽章』『マユミンの最終楽章・みなさま・ごきげんよう』『ずっこけマユミンの爽やか最終楽章《フィナーレ》』で、結局…。

29

朗報やあの水俣にヒメタツノオトシゴ殖ゆと

あの水俣《みなまた》の海に、この海独特の貴重な生物ヒメタツノオトシゴが、近頃、生殖の勢い顕著で、この分野の学者を喜ばせているという。嬉しい報告ではないか！まったく素人のこの老婆ですら、何だかコロナ禍でいいニュースを耳にしない最近のトップ・ニュースと、受け止めた。

そして、パリのオルセー美術館から、有色婦人像を描いた俊秀画家の絵を引っさげての館長指名らしい。これも、嬉しいことのひとつである。

ルーヴル美術館に女性館長出ずる初夏

この九月には傘寿となるマユミン、うかうか呆けてはいられない！

30

難産のＴＯＫＹＯ五輪　発進す

やっとＴＯＫＹＯオリンピック・パラリンピックの競技が始まった。難儀な諸問題をかかえての、やっとの、傷つきながらの船出である。でも、一年のコロナ禍延期と、数々のまさかの予期せぬ不祥事、ここを超えての実現である。心を痛めながら。

内村航平選手や、白血病に奇蹟の克服を経てプールへ還ってきた池江璃花子さん。毎日まいにちが奇蹟の連続で、老婆まだまだうっかり死ぬわけにはいかない現状である。神様、もう少しマユミンを生かしてやってくださいな。ほんの少しで構いませんから。

東美濃の笠原町のわが加藤家、一九〇一年生まれの父、加藤和夫（襲名して代吉）は、名古屋ＣＡ商業では、当時珍しかったボート部員だった。名古屋の中川運河での競技、愛知一中と対戦。曾孫のサンドラ・コーンも、ホノルルのプナホウ学園で女子六人乗りボートの選手で、太平洋へ乗り出したこともある。

父・和夫は、早稲田では柔道部員。マユミンも足払いでしょっちゅう投げられたことも。そんな経験も手伝って、マユミン長じて、玉川学園の小原園長先生のお孫さん達に、この足払いを柔らかく使って「カトウさんは、柔道二段よ」とウソをついて、おちび達からバカにされないように工夫したのだ。アハハ！　ベビーシッターを依頼された糸川ロケット博士家では，ご長男の英樹君が講道館少年部に通うようになって、マユミンのウソはばれてしまったけれど。

私の六歳下の庸介は、早稲田の政経に入ってバドミントン部の副将にまでなったが、母から「あんな女の子の羽根つきみたいなもの、どこがおもしろいの？」といわれる始末。けれども、在学中、地方の高校選手の発見と養成にも努力していた。昨今、バドミントンがこんな主役を務めるような競技になるとは、まさに予想外。

なにはともあれ、スキーやスケート、ピンポンに幼い頃からなじませてくれた両親に感謝しています。今夜は、東京オリンピックの柔道のメダル授与をうれしく見ることにしましょう。

PART 5

虹色のヴァリエーション

1　岐阜の『くりこ』に負けない小田善の銘菓『ぎゅっ』

岐阜県生まれには、それも県庁所在地の西美濃、つまり「西濃《せいのう》」ではなく、マユミンの誕生した島崎藤村の『馬籠』もおとなりの長野県寄りの「東濃」に、厳然とした人情の差があるのだ。

戦時中、名古屋が空襲で危険なため、東濃地方の中学生は、できたばかりの県立多治見中学をきらって、みんな不便をおして恵那郡大井町にある県立恵那中学校へ通った。看板の「馬籠村」を、住民の総意でむざむざと岐阜県にとられちゃった文人知事のくやしさは、如何ばかりであったか。

西濃は、輸送業の大手〈西濃運輸〉が厳然とある。

岐阜の名誉のために、今書いておきたいこと。それは、マユミンが生まれて今、九十歳になんなんとするけれど、前の前の皇后さまの絵の先生、前田青邨《せいそん》画伯のお生まれになった中津川市近辺の自慢の栗の和菓子は、はじめ『栗子』であった。私が東京へ家出なんかしている間に、なんだか一般普通の呼び名の『栗きんとん』に、おずおずと改名してしまったのだ。そして『栗子』は老舗の〈すや〉の栗子で、マユミンつらつら考察するに、もとはお酢屋さんだったのじゃないかしら。

終戦後、新しく台頭したのが〈川上屋〉である。とにかく、栗の美味しい美濃地方が嬉しい。

2　『全権先生』懐かしきかな桜蘂《さくらしべ》

いつであったか、週刊誌の告知版で佐々木邦《くに》の『地に爪跡を残すもの』を探している人があった。私も読みかえしたくなって、名古屋市の緑図書館へ行ってみた。講談社から再版された全集があった。

昭和六年から八年にかけて雑誌『富士』に連載された。私の生まれた年である。幼い頃は、読書がいちばんの楽しみであった。当時の『幼年倶楽部』『少年倶楽部』は、兄ふたりがとっていたので読んでいた。もっぱら『少女倶楽部』『少女の友』だったけれども。

佐々木邦は、島崎藤村と同じ明治学院の出身で、この学校は卒業してもメーシガクエン（飯が食えん）と作品のなかで茶化している。漢籍にも英米文学にも素養がふかく、慶応大学でも旧制六高でも語学を教授した。「日本のマーク・トウェイン」に擬せられた。

こんど手にした『佐々木邦全集』は、三十八年まえの、編集委員が遠藤周作、山口瞳、北杜夫、尾崎秀樹氏で、けだし名顔ぶれ。

『いたずら小僧日記』『愚弟賢兄』、古川ロッパ主演の映画化された『ガラマサどん』、伯爵家の三男のご学友となる『苦心の学友』では、チラリと日本の階級制度に批判も忘れない。新興成金をからかった『全権先生』『少女百面相』『トム君・サム君』など、心にのこる。

思い入れのひとつに、初版の全集のデザインと挿絵が多治見出身の田中比左良《ひさら》画伯であったこと。多治見の昭和橋のそばの田中陶土店が生家で、私の生田《いくた》流箏曲の温習会の胡弓は比左良画伯のお兄さま担当であったのも、懐かしい。

（随筆集『パリの空の下、六段の調べは流る』近代文藝社、一九九四年刊）

3

ケチか節約か『県民ショー』やコロナ禍の夏

〈県民ショー〉の司会者が変わってから、番組に工夫が見られて、とっても面白くなった。

西瓜の皮を捨てないで漬け物にする人、トイレット・ペーパーを倹約する愛媛県人の話で、娘たちの音楽学生アパートを思い出した。

東京郊外・保谷の音大女子学生会館は、しっかりした九州の楽器店から派遣された信頼に足りる管理人のおばさんがいらして、多美と美佐が大学生になると、お願いした。今夜の〈県民ショー〉。トイレの紙論争で思い出すのは、北海道の北見から来たピアノ科の娘さんの話である。彼女は、看護師のおばさまが東京の私立音大へ姪御さんの勉強を援助なさっていると耳にした。

たまたま姪の勉強ぶりを見たくて、この学生寮に泊まった。トイレに近い部屋だったので、このおばさまに聞こえてくるトイレット・ペーパーを引く長さに我慢できないという。

「世の中の辛さを知らない音楽学生等の、なんと気ままな贅沢な毎日か」

音だけで想像できるらしい。わかる、わかる。さもありなんであろう。

この北見出身の素直な学生さんは、肩もみがとても巧くて、誘われるままにマユミンも揉んでもらった。玄人はだしの腕であった。お元気かしら。懐かしい。

4

すすらーに「うるさい！」などといえますか？

ネットで「夫がいろいろお汁《つゆ》のものを豪快に音を立てます。許せません」と出たという。

私が許せないのは、外国の人に「蕎麦は音を立てて食べなさい」と教えるらしい日本人がいること。自然に出る音はかまわないが、と教えるべきでしょ。間違った知識を伝えるのはやめなさい。

昔、あるゴルフ場の食堂で、まさに音をたてなければ無作法とばかりに、日頃は上品なしぐさで召し上がっている老女がいて、いつもよい感じをもっていただけに、がっかりしたことがある。でも、なんかの古典で、「汁をかけて飯を食へ」と下知《げじ》せらる…を思い出すと、持論もいささかあやしい！

5　FUKUSHIMA《フクシマ》の再生の息吹き梅雨晴れ間

日曜の昼さがり、ふとテレビをつけたら、全国植樹祭であった。天皇皇后両陛下のご出席も、来年のご退位をひかえ、これが最後という。毎年、「育てよう日本の森を」のテーマで行われるこの催しに、五十幾年もの変わらぬご出席もたいへんなご努力であったであろう。

「智恵子は東京に空がないという。わたしは驚いて空を見る…」の高村光太郎と、ここ福島県二本松の酒造家がふるさとの、『智恵子抄』をもとにしたオペレッタを、いわば素人作りの舞台ながら、みんな総出で真剣に両陛下にお見せしているのが、素朴でこころよい。

まだまだ日本の国と人々は、この国を善意にみちた優しい心根でこれからも支えてゆくのだな、とうれしかった。

6 夏きざすけふは民生・児童委員の日

コロナ禍のせいで寄遇中のイチロウさん宅で新聞を見ていたら、『広報みなと』に「五月十二日は民生委員・児童委員の日」とあった。

いま八十八歳の私は、昭和三十四年に結婚。当時の愛知県愛知郡有松町の公団住宅・鳴海団地の頃、ほかに人がいないという理由で、余儀なく民生・児童委員にさせられた。以来、ずるずると断りきれず、がらにもなく転居した名古屋市緑区の鳴子団地から緑区ほら貝の戸笠学区の民生委員総務となり、あまつさえ全国大会には、あの東京・永田町の都市センターの会場で書記に任命されちゃった。お恥ずかしい。

毎年、『厚生白書』が出るたびに「二宮さん、要約お願いできませんか」と社会福祉事務所の職員がいう。「これは、あなたがたのいちばん大事な仕事でしょ」と、叱った。

私みたいないい加減な性格で、よく続いたものだが、「そろそろわが家の福祉に戻ってくれんか」という私より六歳年上の、加齢の夫の切実な言葉で、三十三年にわたるこの仕事を辞めた。

褒章などはいっさい断わった。くだらない記念品も焼いた。そんなご大層なことしてないし、さぼってパリとロンドンへ留学中の娘たちを訪れることも多く、恥ずかしかったから。

戸笠学区副総務の、本多日出子さんご夫妻の助けがなかったらと、今も感謝するばかりである。

7　大正村、寒天・明智鉄道おそき春

何年も前のＮＨＫの朝ドラで（『半分、青い。』）、東美濃のいなかのお医者さんが、帝王切開にふみきらなかった結果、主人公すずめの左耳の聴覚に異変が起こる。

私が住んでいたのは、岐阜県でもあの舞台よりはもう少し都会に近い多治見あたりなので、あんな田園風景は少ない。

どんなことでも、祖父・加藤代吉らがつくった笠原鉄道で、多治見からは国鉄中央西線で名古屋の鶴舞駅の名古屋大学病院に行って、解決できた。

次兄純平が笠原第一小学校でクラスの吃音《どもり》の子の真似をして、ほんとうの吃りになってしまい、名古屋幼年学校を落第した。小学三年生ですぐに名古屋の吃音矯正学校に通ったが、あまり効果はなかった。弟の庸介が生後すぐ膿胸という病名で名古屋大学病院に入院。その執刀ドクターが、ひそかに入院していた汪兆銘という親日派中国の要人を

治癒した斎藤外科の斎藤博士だった…、なんて父の自慢話もある。

でも、戦時中は空襲の激しい名古屋への進学がままならず、みんなあのドラマの舞台、長野県ざかいの県立恵那中学校や、県立多治見高女へ行った。加藤純平も恵那中を出た。だから、私は恵那峡でたびたび遊んでいる。

8 築地・たむらの三代目と亜門さんの友情よ

ＮＨＫテレビの料理番組で、故人の料理人担当者を偲んでいる。九十四歳で引退の先生、お婆さんの、あと六十代で逝った築地・たむらの先代が出そうだと思ったら、友人のもはや初老の宮本亜門さんが出てきて、「なあ〜んだ。玉川学園の卒業生たちじゃないか」とわかった。

私がもうすぐ九十歳なんだから、亜門くんや田村さんが六十代半ばでも、ちっとも不思議じゃない！　でも、いろんなところで、玉川っ子が活躍しているのも、嬉しいし、おもしろい！

9

夏至の日のフランスの〈音楽の日〉思ひ出ず

まだ多美がパリ・コンセルヴァトワールの学生の頃、当地を訪れた私は街中にあふれる音楽に驚いた。

この日に限って、パリではどんな音出しも、どんな催しも許されるらしい。〈Fête de la musique〉である。新緑濃いパリの街に流れるすてきな音楽！　ああ、こんなパリの街で学ぶ娘はなんて幸せであろうか。

こんな経験を私もしたかったなあ。でも、まっ、いいか。太っ腹な夫が「子どもたちの様子を見てこい」と私にロンドンの英国王立音楽院の美佐とパリの多美との『二都物語』を実現させてくれたから。

10

やや百年生存の奇種・古代マユミンは
古代大賀《おおが》ハス＆アメリカ・ザリガニ由来も知っている

森繁さんが満洲の放送局から引き揚げ後、まず祖師谷あたりの車庫に住み、のちピンクの大豪邸に住むにいたるまでのことや、二人のかわいい男の子が田んぼでとってくるアメリカ・ザリガニを「おいしい」と食べた話。親友の父上、藤田進さんの紹介で、お嬢さん、男の子の三人は、玉川っ子となった。

読売新聞のコダイラ欧米部長が田園調布のとなりに住み、大賀ハスの種を入手。自宅にも植えたエピソード。お嬢さんの小平ルツ子とクラスメートなので、よく知ってる。お母さまの『Alice in Wonderland』が当時の東京では入手困難で、借りたのをずーっと忘れてて、二十年後にやっと返せたり。

ビリー・バンバンの「♬みんな、覚えている～かしら～、あの～白いブランコ」の作詞も彼女の妹さんの、小平なほみさん。

コダイラという痴漢が当時、出没。わざと駅のプラットフォームの対岸に居る彼女に

「コダイラさ〜ん」と大声で呼んだり。アハハ！　楽しかったわ。

みんな玉川っ子なのだ！

今になって、大賀ハスとアメリカザリガニも増え過ぎといわれても…。でも、何とかしなくちゃ。

11

〈アカデミズムの系譜〉てふ紀尾井ホールに若葉風

あとのワインパーティにて

心満ちて片山杜秀氏の尊き指摘にうなずきぬ。

オーケストラ・ニッポニカは故・芥川也寸志氏の遺産なり。

これを継ぐイチロウさんには未亡人よりねぎらひの辞あり。

軽井沢でおなじみの心打つ演奏のチェリスト、カンタさん、「二宮さん、お元気でなにより」と！

そして、わが娘ふたりお世話になりし、フランス音楽理論の至宝、島岡譲先生のご出席。得難きうれしさ堂に満つ。

わが夫《つま》と同じお年でご健在なり、梅雨明ける。

矢代秋雄氏作『チェロ協奏曲』のすばらしく。

矢代秋雄氏夫人、ピアニスト井上二葉《ふたば》先生、
そして野田暉行《てるゆき》先生のご家族と。

なんにもしないが、だだ音楽好きのマユミンと、この嬉しき祭典ことほぎぬ。

12
子どもにも　いろいろな運命《さだめ》　石蕗《つは》の花

やっと玉川大学の文学部英米文学科を卒業して、私はりんどう塾を出た。

受難の下宿さがしののち、落ち着いたのが世田谷区成城一一七番地の清川泰次画伯の学生アパート〈あずま荘〉であった。

別の建物の一室を、当時ご活躍の評論家、鶴見和子さんが借りていらした。マユミンの入った学生アパートの悪童どもが「父上の豪邸に住みながら、働く女工さんたちの教育をするんですかあ！」などと、ヤジを飛ばすと、あの美しい、凛とした鶴見さんはキッとした顔を向けて黙殺なさるのであった。あれから七〇年ほどが過ぎた。鶴見和子さんは奈良の老人施設におはいりになってからも、しっかりとした自らの生き方を発信なさっていた。

朝日新聞の「折々のことば」に最近、鶴見祐輔さんの一番下のお嬢さんの言葉が掲載されて、私の心を撃《う》った。

「小さい頃から『我慢しなさい、がまんしなさい』と言われて、両親も姉の和子も兄の俊輔も私の夫も、十分な看取りの末、見送りました。やっと自分の時間が持てるようになって、私は深慮の末、『そうだ。大学へ入ろう』と思い、そうしました…」そうである。

なんと素晴らしい生き方であろうか。

13

♬ おいらは道志の三太と申す　花おぎ先生、困ると申す

原作＝青木茂・筒井啓介、脚色＝山本嘉次郎。

千葉から山梨県道志村、道志川周辺のキャンプ場へ遊びにきた当時六歳の小倉美咲ちゃんが行方知らずになって、あれから二年の歳月が流れた。険しい場所になんらかの防ぎきれない原因によるものなのか、ご両親の悲嘆は察してあまりある。

この問題が起こってから、私は、六十年も前にこの地を舞台にくりひろげられ、全国の子どもたちを夢中にさせた児童ラジオ・ドラマ『三太物語』を、ＮＨＫの毎夕方流れるテーマソングで、幾度となく思い出す。

何とか見つかってほしい。お母さまのご努力も涙が出るほど切実で、ご心労は痛ましいばかりである。

私は、二人の娘を国立《くにたち》音大の付属高校から入れたため、名古屋から中央自動車道を車

で何十回となく往復した。道志村をいくたび通ったことか。そのため、ひとしお、お母さまのそのお心に、なんと申しあげてよいものか、判断に苦しむ。よい知らせが届くことを祈るばかりである。

14

水引草　辰雄の庭にあふれ咲く

若き日に、夢中で読んだ堀辰雄の作品に出てくる場所、オルガン岩《ロック》、三笠ホテルなどを、夏の日に親友、藤田孝子さんと二人でさがした。『ルウベンスの偽画』『美しい村』『風立ちぬ』『聖家族』『ほととぎす』『かげろふの日記』『菜穂子』などの…。

堀辰雄さんの文学記念館は、エクシブ信濃追分の近くにある。多美とよく訪れた。別荘の大きな母屋より、わざわざ小さな一間だけの離れを庭に建てて、寝ころんで本棚に手を伸ばすと、ちょうど取れるほどの、お気に入りの離れであった。

そこには、水引草が可憐なすがたで溢れ咲いていた。

平成二年、多恵夫人は旧宅、展示室、蔵書、遺愛品などを、軽井沢町に寄贈された。

15

幼き日の「長瀞のプロペラ船に乗りて」思ひ出ず・枕流荘には鮎ご飯

我が「俳句エッセイ」第十九巻『追想のロンド』(一二四頁)に秩父の寄居町、枕流《ちんりゅう》荘のことを書いた。荒川源流、長瀞《ながとろ》にほど近く建つ、川魚料理のみごとな料亭で、清らかな渓流の凛気を全身に頂いた。

小学五、六年生の頃の国語の教科書に、長瀞のプロペラ船の記述があって、ずっと気になっていたが、誰も信じてくれない。

ふとパソコンで秩父・長瀞観光スポットをもう一度しらべたら、やっと見つかった。

「昔はプロペラ船が運行していました」

これだ！「船玉祭りも行われて多くの船がにぎやかに運行し…」とあるではないか。

わが故郷、東美濃の県立恵那中学があった大井町には、風光明媚な恵那峡もある。よく遊びに行った。

八十九歳老婆の記憶は、まだ確かであった。

16

峠より小涌谷・岡田美術館・大正丙寅稔（年）大観の署名は雄渾なり

横山大観『霊峰富士』観しあと、（岡田美術館に展示の）大作『霊峰一文字』（大正十五年）を見る

親友の佳代さんのたくみな運転で、箱根スカイラインの峠から、さえぎるものなき崇高な富士山を望むことができた。そして、岡田美術館へ向かう。

箱根・小涌谷の岡田美術館は、イチロウさん、初めてという。折しも縦一メートル、横九メートルの横山大観画伯が、文楽の竹本津太夫《つだゆう》の病快癒《やまい》を祝して贈られた超大作『霊峰一文字』に、はからずも出逢うことができた。

力強いはじめの為書き《ためが》「為古典藝術・贈竹本津太夫君」の雄渾な筆致にも感激。この大作は、戦時中の旅興行先で空襲に遭ったが、運良く焼失をまぬがれたという。ここの素晴らしい庭園と開化亭のケーキとコーヒーも、すこぶる美味しい！

こんな機会に恵まれるのも、練達のクルマの運転ができる佳代さま、ひとえにあなたのおかげです。

17 湯豆腐なら〈奥丹 南禅寺〉でっせ 京は春

イチロウさんの親友、フィリップ・マヌーリが南禅寺近くのフランス政府の京都山科《やましな》区にあるヴィラ九条山に来ていたので、おそ鶯の鳴く古都を訪れた。

タクシーにのって「南禅寺でおいしい湯豆腐はどこ？」とたずねたら、この答えだった。作家の永井紗耶子さんも「奥丹の南禅寺・なか丹のきよみずの湯どうふ」をあげておられる。

こんど南禅寺へ行ったら、瓢亭の朝がゆとここの湯豆腐を冥土のおみやげにしなくては！

今年、卆寿のマユミンは、予定表がぎっしり！

18

春彼岸　嬉しきことのつづきけり

わが母校、岐阜県立・多治見高校で結束固かった〈五人組〉の親分（マユミンではない。まだ上がいたのだ）加藤芳子が十年前、まず横浜で癌にたおれ、ついでテニスの巧《うま》かった中ちゃん（中島さん）が逝き、あと、心配していたカンベさん、コイちゃん（旧姓・小池。長尾英子さん）の連絡がとだえていた。同級生だから、みんな現在八十九歳になる。なんと永生きなことよ！

コイちゃんは元気であった。ちっとも呆けてもいなかった。二人のお嬢さんと元気で、優秀なお孫さんに囲まれていた。

かつて、彼女は『中部経済新聞』社長夫人であった。ので、五十年前に「原稿料は要《い》らないから、私のエッセイを載せて！」とマユミンに脅迫されて、そうしてくれた。なんと十五年もの間。あっ、その間には朝日新聞名古屋本社に永い歴史をきざむ中部財界人教養クラブ活動の機関誌『月刊・名古屋ＡＢＣ倶楽部』のエッセイ欄も担当した。

そのコイちゃんが、十九冊目のわが俳句エッセイ『追想のロンド』を届けたところ、とっても喜んで名古屋の多治見高女、多治見高校、金城女学院短大や、南山学園・大学卒の先輩や知人に、たくさん宣伝してくれたらしい。

19

俳句エッセイ第十一巻

わが『ヴォージュ広場の騎馬像』序文のよけれ　浅き春

「ここには、マユミンのくっきりとした足跡、人生が現在進行形で描き出されている。イタズラッ子の眼差しに、「あっかんべー」が加わったアラ・エイティ真っ盛りの、そしてちょっと憎たらしいマユミンに乾杯！

オペラ歌手・林美智子」

20

八ヶ岳徳丸別荘ダケカンバ

飼犬のタロウちゃんとランデ・ヴ。
今年もあと二カ月。
きれいな星空、豊作のマツタケ、まずアペリチフ。
Dr. TOKUMARU《トクマル博士》吟味のワインとお料理すばらしき。
楽しき哉、この地に招かれて早や十幾年《いくとせ》。
至福の三日間はゆめのごと。
八十七媼この秋またも延ばせり寿《いのちなが》。

21 さまざまな反響ありて年の暮れ

高見澤邦郎さまより、ご懇篤なうれしいお便りを頂いた。私の『追想のロンド』の中の「荻外荘《てきがいそう》の公開ありき五月尽」（二〇四頁）、「晩秋の大田黒公園訪ひにけり」（一二六頁）に関して、すばらしいお知らせなのだ！

高見澤さまは、ご両親が玉川学園住宅地に古くからお住まいで、私が大学生の頃からお噂は耳にしていた。日本キリスト教連盟の『信徒の友』編集長であったお母さまと、かの卓越の漫画家田河水泡《たがわすいほう》氏のご子息である。白洲正子さんが、親しい小林秀雄さんに疎開先をお世話なさったらしい。柿生《かきお》にお住まいの小林秀雄氏とお母さまの高見沢潤子さまは、ご兄妹らしい。マユミンは、同じく玉川学園にお住まいのタケダ製薬の武田さまのご紹介で、お知り合いになった。

その高見澤さんは、以前、杉並区のお住まいで、ご専門も、旧い著名な建築の存続に関わるお仕事をなさっている。そこで、私の興味ある大田黒元雄氏邸と荻外荘の、歴史的価値をすでに評価して、その永久保存のお仕事をなさっているらしい。嬉しいことを聞いたわ！

しかし、まだその事業の完成には三年ほどかかるらしい。一般公開の機会をもてるらしい。この八十九歳の老婆は、その完成まで生きながらえているかしら？どうか、間に合いますように！

22

懐かしきビアリッツの夏　ピレネーは緑

二〇一九年八月二十四日より、G7サミットがスペイン国境に近いビアリッツで行われて、安倍首相らが出席している。

かれこれ三～四十年前、アンダイユからスペイン入りをしたのち、多美、美佐とユーレイル・パスのグリーン・チケットでの列車の旅が懐かしい！　サン・セバスチャンでは、珍しい町内会ベロ・レースにも出逢った。

十五年間にわたる『中部経済新聞』に連載のエッセイをまとめた随筆集で、一九九四年四月刊行の『パリの空の下　六段の調べは流る』（近代文藝社）に私は〈バスク紀行〉のうち、「ベレー帽とプロート（ハイアライ競技）のバイヨンヌ」「バスク博物館とマリア被昇天のお祭りと」「避暑地ビアリッツのジャン・マレエ画廊」「作曲家M・ラヴェルの生家」を書いた。

多美のパリ国立高等音楽院の和声とフーガと管弦楽法のクラスの親友、マリー・ベルナデット・デュフォルセ＝ハキムが、夫のナジ・ハキムの父上のバイヨンヌの広壮な別荘へ、なんと合計五回も招いてくれた。最近のニュースは、この父上のすばらしい邸宅へパリから移って、ついの棲み家としたという。

著名なモンマルトルのあのサクレ・クール大寺院の正オルガニストのナジ・ハキムと、妻のベルナデット・デュフォルセのために、この別荘にはすばらしいカヴァイエ＝コル制作のパイプオルガンが大階段に設置してあるのだ！

あの天才箏曲家の宮城道雄（一八九四〜一九五六）は、一九五三年にビアリッツで開催の国際民族音楽舞踊祭に日本代表として渡欧。自作の箏曲《春の海》を、シュメー女史のヴァイオリンで参加。そして、第一位を獲得した。

23

（はからずも）春秋社の生い立ちを知るコロナ禍の春

ＮＨＫドラマ『いだてん』のナレーターで、いま大人気の講釈師、ちょっとニヒルな神田松之丞《まつのじょう》（いま伯山《はくざん》）の〈ファミリー・ヒストリー〉を、偶然見た。ご先祖は唐津の出身で、あのよくしゃべるフルタチさんと同姓だった。ご先祖は、徳富蘆花にあこがれて上京。今の芦花記念館のある場所へ行って、田んぼを耕している農夫にきくと、なんとご当人だったという。

春秋社といえば、創業当初から「トルストイ全集」や「ドストエフスキー全集」等の文学・芸術の分野に進出。玉川大学教授の中村元博士の著書も出版する、宗教分野でも古典音楽分野でも格式高い出版社と理解していた。そして、井口基成先生の校訂楽譜も。現在もなお、うちの作曲家イチロウさんの楽譜や著作を出版してくださる名門出版社と私も承知している。創業の社主は神田豊穂《とよほ》さん。現在の社長はお孫さんの神田明《あきら》さんである。温厚なすばらしいお人柄で、お会いするたびにマユミン、わが身を反省するばかり。

番組の中で、その春秋社の名前が出て、びっくり！　神田松之丞師の曾祖父は、この春秋社の創立に加わったが、出版理念のちがいで、のち離反なさったという。

五十年前、娘たちは名古屋市立鳴子小学校の小学生だった。ＰＴＡの資金集め活動で、あやうく古新聞といっしょに廃品となる運命の、布製の立派な楽譜本がまじっていた。同じＰＴＡ仲間で親しい田中琴子さんが「二宮さん。この本は、もったいないからあなたのお役に立てるべきよ」と。

古びているけど立派で分厚い本は、春秋社発行のあの「歌の宮様」として著名だった三笠宮の「♬サトウは甘くておいしくて、牛乳なんどに入れて飲む」「♬月夜の晩に雁翔《かり》びて、宮さん御殿でそれ見てる」が入っていた。作曲は学習院初等科の音楽教師、某さん。なんとすばらしい、子どもらしさに溢《あふ》れた童謡であろうか。明治の神戸生まれのわが母、美代子はタカラズカと聚楽館《しゅうらくかん》の田谷力三のオペレッタに熱中したが、そのほか、歌の宮様のことも詳しくて、なんとしっかりメロディを私に復元して歌ってくれた。

その本が、いま名古屋の家を探しても、見つからない！　嗚呼！　もう一度、探してみよう！

24
松戸・戸定邸《とじょう》のことNHK『青天を衝け』に出ず忝《かたじけ》な
まだむと二人の写真のある

山岸美喜さま。こんや日曜夜八時、渡仏の一行をNHKドラマ『青天を衝け』で見ました。あのときの、徳川昭武（将軍の弟君）の立派な立ち居振舞いが、薩摩藩士のむちゃぶりを際立たせましたね。

パリのグラン・パレやプチ・パレは、あの昭武さまやお供の澁澤栄一、通辞の福澤諭吉らをびっくりさせたフランスの古典建築の粋を集めたもので、あの年の万国博覧会のために国威発揚のことも念頭に置き、建てられたと聞いています。あそこへは、在パリの岩島和子さんのご案内で、「ここにも、案外良い絵があるのよ」というので、再び一昨年の暮れに行きました。

そのあと、懐かしいマドリッド通り十四番地の楽譜店の並ぶ場所も。こここそ、まだ二十歳《はたち》の成人式に「振り袖の着物とパリ音楽院のどちらを選ぶか？」と、マユミンが聞いた場所です。そして、多美はパリ音楽院を選んで、入ることができました。

ふと、マユミンは、『青い麦』(Le Blé en herbe)　の作者・シドニー＝ガブリエル・コレットのことが頭に浮かびました。ノーベル賞作家の彼女は、没後の自分の葬儀を某大教会で望んでいましたが、彼女の生前の振舞いをきらうカトリック教会の長老の拒絶にあって、あのグラン・パレの庭先で国民葬として葬儀は行われたという。これもまた、すばらしい事実ですね。

マユミン、あの、まったくそれまでの日本庭園とは違った、まるでゴルフ場のような広い芝生の庭の別墅《べっしょ》・戸定邸《とじょうてい》を訪ねさせていただいて、よかった。

冥土のお土産になりました。グラン・メルシ！

25

三島なる繁盛しきりの鰻食《は》む・うわさ違《たが》はずその味やよし皐月風《さつきかぜ》

九十分待ちて漸く中二階に上がりけり
うわさ違《たが》はずその味やよし皐月風《さつきかぜ》
その庭に大き銀杏《いてふ》の涼風よぶ

（創業・安政三年・うなぎ・桜家）

26
愚娘よりご指名ありて（めんどくさいことというなあ）黄レンギョウ

〈七日間ブックカバーチャレンジ〉

■第1日　原口統三『二十歳のエチュード』

この遊びのルール*を聞いて、まず頭に浮かんだのが高校生の頃、大きな刺激を受けた原口統三の『二十歳のエチュード』であった。

母の大きな「くびき」から逃亡に成功！　大学生活に入るも、計画性のない私は、すぐに予定のお金を使ってしまって、苦労は増した。しかし、やりたいことがやれる開放感は何にもまさった。

＊①本についての説明はナシで表紙画像だけアップ。
②そのつど一人のＦＢ友達を招待し、このチャレンジへの参加をお願いする、あるいはこのバトン手渡しページに投稿をシェアしてバトンは手渡しページに預ける。

こうした時期にあって、この本には、漫然と生きていてはダメな若者の叫びが込められていて、真剣に受けとめた一冊である。

■第2日　J・ジョイス『フィネガンス・ウエイク』宮田恭子・編訳

サミュエル・ベケットは「ジョイスの文章は、何かについて書いたものではなく、なにかそれ自体なのだ」と喝破した。

私は五十年前に、カナダ版のFinegan's Wakeの海賊版テープを千円で買って、酔っぱらい達の酒場での怒鳴り声の歌を、私が運転する車に同乗した娘たちにしょっちゅう聞かせていた。これがジョイスの著書に取り上げられた民謡だったとは露知らず。そして、「Wake」が寝覚めの意味と、酔っぱらって梯子から落ちて死んだと思ったフィネガンスの「よみがえり」の意味の双方を意味することも知った。十六年間かけて書いたジョイス文学の集大成だそうである。

ごくごく馬鹿な老女の思いつきだけれど、この歌って、かつてエノケンが映画の中で歌った「爺さん酒飲んで酔っぱらって、死んじゃった。婆さんそれ見て、びっくりして転んだ〜」と、京都の医大生が作った「♬おらは死んじまっただ〜…」が英邁なる日本の作詞者の頭をよぎったのかもしれない。

■第3日　山川彌千枝『薔薇は生きてる』能楽書林刊

川端康成が「これは子どものための聖書である！」と評した、十六歳でその生涯をおえた少女の純粋な生き方に、心を打たれる。私は最初、能楽書林版をもっていたが、あまりに読みすぎてぼろぼろになったので、また違う版を買った。

しかし、能楽書林の版は旧仮名遣いで、歌人の母上、山川柳子女史の「あとがき」もすばらしく、愛蔵した。

山川彌千枝は宿痾《しゆくあ》の結核のため、明星学園、成城学園などを転々とした。『薔薇は生きてる』の文中で「今日のドールトンもってきた？」のくだりは、当時の新教育を取り入れたアーネスト・パーカー女史の主張する教育方針である。大正時代の新教育をとり入れた成城学園初等科時代の主事、小原國芳も、明星学園の赤井米吉も、この〈ドールトン・プラン〉を採用した。のちに、玉川学園もまた。

我が家を改築の際には、まゆみん長年の希望どおりに「子供部屋には、紅《あか》と白の陽除《ひよ》けでもって…」という彌千枝の生前の記述のままに、我が家にも同じ陽除けをとりつけた。短い十六年の生涯の友人、薔薇座の女優、佐々木文枝（踏絵）さんのお見舞いが、彌千枝さんの最期の看取りのお母様のよろこびとなった。

■第4日　マルタン・デュ・ガール『チボー家の人々』

上京して、大学生と編集者見習いという、ふたつの仕事をする忙しい毎日であった。折しも白水社から翻訳なった『チボー家の人々』が私のなかに強烈なショックをあたえ、ジャックの父親の無理解や、理解に苦しむ処遇（少年院入り）にも抵抗。医師の兄の助けもあって、エコール・ノルマル・シューペリュール（パリ高等師範学校）に二番で合格の快挙をよろこんだ。

この小説と、いわば同時進行のような青春だった。

その後、幸運にも私のために、アンリエット・ピュイグ＝ロジェ教授のお嬢さまが、著者のお孫さんのマダム・アンヌ・ヴェロニク・ド・コペさんにマユミンの長年の希望を依頼。お屋敷（シャトー・デュ・テルトル）のチボーの書斎やヴェルサイユの庭を模したお庭まで案内してくださった。第二次大戦でドイツ軍に占領され、荒れたままの個所もあったが、「日本の愛読者にもぜひ、ここをたずねて来てほしい」とのことであった。

わが青春の書「チボー家の人びと」マロニエ生ふ

■第5日　プルースト『失われた時を求めて』

ポーリーヌの運転で、お母さまマダム・ピュイグ＝ロジェの別荘へサンドラと私、多美が向かう途中、道路の標識を見て「お母さん、コンブレーよ！」と多美がささやいたのを、運転中のポーリーヌが耳聡《みみざと》く聞いて「えっ、真弓はプルーストのコンブレーも知ってるの？　じゃ、帰りに寄りましょう」と言ってくれた！　いつもの〈買いかぶり〉である。

今はイリエ＝コンブレーになった、あのプルーストの祖母の村。喘息病みのプルーストが大嫌いな、あの暗い階段。思い込みの病気で、聖水を手放せない祖母は、窓から見張って太い白アスパラガスを持った隣人を見ると、女中に買いに行かせる。あの小説の中に出る幻灯器もありましたよ。うれしい！

コンブレーを訪ひし嬉しさ庭すみれ

なんと、ここのキオスクにもあの漫画になった『スワン家のほうへ』が売られてた！　嘆かわしい。でも、実はもう全巻、既にピアニストの児玉桃ちゃんに買ってもらってあるのだ！　もう二十年も前のことだけど。

■第6日　『梁田貞作品全集』玉川大学出版部

本書に載っている油絵の肖像画は、ピアニスト高野《こうの》燿子さんの父上、高野三三男《みさお》画伯（一九〇〇〜七九）の筆。梁田先生の晩年、お亡くなりになるまで、私はいくども都立大久保病院にお見舞いした。世俗を逸脱した、孤高の作曲家、YANADA TADASHI 先生の思い出は溢れるばかりである。

玉川大学在学中、またともに成城に住む者として前著、俳句エッセイ（『追想のロンド』）に、詳しく述べた。

■第7日　『フランス・レ・プリュ・ベル・シャンソン集』〈ブックカバーチャレンジ〉、これが最後の第七冊である。

私が多治見高校生のとき、ＮＨＫの早朝ラジオ番組で前田陽一先生のフランス語講座を聴いていた。そのテーマ音楽が「♬一艘の小舟があった。けっして航海することのない（Ja, ja, Jamais navigué, Ohé! Ohé !)」

十五年前にパリの古本屋で手に入れたアシェット社のこの本には、私の夢がたっぷり載っていた。

あとがき

思えば世界中を困難におとしいれた、あのコロナ禍におそわれ、難関突破のTOKYOオリンピック・パラリンピックをできる限りの底力で了《お》えようとする日本国民のかたわらにあって、マユミン「俳句エッセイ」全二十巻をここに、ささやかに完成します！ 中味は奇想天外。おもしろい！ まあご覧下さい。こんなに九十歳の永すぎる生涯を、こんなにいわば自由気ままな生涯が、あってよいでしょうか！ 「憎らしいわね」って言われても仕方ありません。この本は，お説教本じゃありません。ああいうのは，マユミン、だいっ嫌いです。この本は、読んでもなんの足しにもならないでしょうけれど、クスリっと笑える内容がいっぱいです！ お気が向いたら、お読みください。

マユミンの一生をふりかえると、いささかの、なきに等しい努力と、なぜか危機に見舞われるたびに、湧くように天からのお力添えが降って来るのです。

生涯、すばらしい多くの友人に恵まれました。すばらしい生涯の指針を仰ぐ先達《せんだつ》に恵まれました。いつも騒々しいけれど、いささか元気すぎる家庭に恵まれました。有り難いことです。古人のことば「忝《かたじけ》なさに、涙こぼるる」が、ほんとうに身に沁みます。

あとの余生いくばくかは量りかねますが、一昨日、いくたの癌疾に見舞われ、妹さんのKoh Miyaoi（国連、タイ国勤務）のお看取りで、五十七歳の若さで眠るように静かに、かの地へ旅立たれたという、美佐のロンドン留学中の親友Oto Miyaoiさんのように、無事にわが生涯を終えることができるでしょうか？　まあ、むりでしょう。でも、それも運命です。罪障おおいマユミンには、むり、無理！　なるようにしか、ならないでしょう。それで、よいのです。えんま様の判定次第。

さて、そろそろご挨拶、おわりにします。

どうか皆様、ごきげんよう！　マユミン。

二宮真弓

プロフィール

二宮真弓 Ninomiya Mayumi

昭和6（1931）年9月25日、岐阜県土岐郡笠原町神戸区3158番地に生まれる。父、加藤和夫（のち襲名して代吉、名古屋CA商業、早稲田大学を経て、祖父のはじめた輸出陶磁器製造・販売業に従事）。母、有本美代子（神戸市私立高女を出て神戸市葺合区より嫁ぐ）。

笠原第一小学校、岐阜県立多治見高等女学校へ入学・卒業。そのまま、多治見女子高等学校に移行。終戦後の学制改革により男女共学となる（岐阜県立多治見中学校、のちの多治見高等学校の男子生徒が、多治見市坂上町の高台にある、緑したたる多治見女子高へ婿入りした）。旧制高女時代のまるで眠ったような授業から、終戦後の生き生きとした男女平等主義にあふれた新しい教育を受け、新鮮な毎日の授業であった。男子生徒の大半が、地元の名古屋大学、岐阜大、三重大、京都大、そして慶応、早稲田などに入った。これに刺激された真弓は、母の猛反対を押し切って、玉川大学に辛うじて入学がかなう。

玉川大学英米文学科に属しつつ、小原國芳学長のご指導を受け、玉川大学出版部のアルバイトに従事。『玉川百科大辞典』全32巻の編集校訂の時期に当たり、監修顧問の先生方（小倉金之助、武者小路實篤、糸川英夫、朝倉文夫、長谷川如是閑、石井漠）と、どなたにも楽しいお仕事をさせていただいた。

昭和34年、陶磁器貿易業務にたずさわる二宮平と結婚。35年、長女・多美、37年、次女・美佐、誕生。多美はパリ国立高等音楽院、美佐はイギリス王立音楽院に留学。二人の様子を伺いかたがた、たびたびヨーロッパを訪ねた。

昭和56年から15年間、中部経済新聞、朝日新聞ABC倶楽部の月刊機関誌に寄稿。同時に「俳句エッセイ」を19冊出版した。

なんと今年は馬齢八十九歳をかぞえることになってしまった。もうすぐ卆寿である。人生の締めくくりに、本書を出版できる幸せをしみじみ感じる今日このごろである。

（2021年9月　記）

卆寿のバラード
ずっこけマユミンの爽やか最終楽章《フィナーレ》

2021年10月20日　第1刷発行

著　　者：二宮真弓
発 行 者：神田　明
発 行 所：株式会社 春秋社
東京都千代田区外神田2-18-6
電話　営業部　03-3255-9611
　　　編集部　03-3255-9614
〒101-0021　振替　00180-6-24861
https://www.shunjusha.co.jp/
装　　画：勝部浩明
印 刷 所：株式会社 太平印刷社
製 本 所：ナショナル製本協同組合

定価はカバーに表示

ISBN 978-4-393-43658-5

ユニークな「俳句エッセイ」第19弾

●定価　一七六〇円（10％税込）

追想のロンド

軽妙洒脱な〝マユミン・ワールド〟にようこそ。懐かしき人びとの思い出と心象風景…。日常生活でのふとした気づきからグローバルな旅の日の体験まで、折々の思い出を爽やかにつづる。

二宮真弓

春秋社